夜光

t in the dark

原作 張恆／酷思特文創

夜光

A light in the dark

目錄

楔子

曾經，有這麼一個比喻。

說我們存在的世界其實是巨大而精密的機械，以人為齒輪、以法律為卡榫，每個零件都必須對接在適當的位置，否則這座機器無法順利運轉。

然而越是精密，就越脆弱不堪。

哪怕只是一顆螺絲鬆脫、一處環節故障，龐然的機器就會瞬間崩塌，像是被火山灰覆滅的龐貝城，活埋整個世界的生機。

所以必須小心且謹慎地，剔除每一個已經出現問題或即將成為問題的零件，避免因為少數的「瑕疵」，而讓多數的「正常人」陪葬。

冷到連指尖的觸感都變得遲鈍的夜晚，十一點六度的低溫只是這一波大陸冷氣團的前奏。

氣象局已經連續兩日發出寒流警戒，表示本週在平地的氣溫可能下探至八度，請民眾外出時注意保暖，並留意家中長輩或有心臟病病史的患者，防止發生猝死意外。

被稱為首都地標之一的火車站外，以紙箱區隔的空間彷彿增生的黴菌，縮時攝影般出現在這個從上世紀開始就已坐落在此處的建築物周圍。

明明不具備保暖功能的紙箱被折起疊放在靠牆處的地面，讓出不妨礙路人行走的空間似乎是這群人默默遵守的規範。如同在天亮之後，在第一班清潔人員過來驅趕之前，他們便會收起棲身的箱子隱藏到其他人看不見的角落。

直到，下一個夜晚降臨……

身材不算高的少年穿著白色襯衫和咖啡色背心，外面罩著藏青色立領風衣，風衣上還繡著同色系的雙排鈕釦。

以黑色與白色方格交錯，彷彿西洋棋棋盤的火車站大廳地板，或坐或站地佇足了來自不同地方的旅客。

少年踏著幾天前才剛入手的皮鞋，穿過明亮暖和的大廳走進被寒風籠罩的戶外，縮了縮忘記繫上圍巾的脖子，看著蜷曲在右邊牆角已然熟睡的男性遊民。

另一邊，在紙箱上鋪了棉被和枕頭的床位，明顯比只能以厚紙板與體溫對抗寒流的其他人，多了幾分能撐到早晨氣溫回暖、繼續活到明天的希望。

少年看著手機螢幕上播放關於遊民當街砍人的新聞報導，然後抬起頭看著眼前的景象。

遊民的身旁擺著絕不離身的家當，或許是大包小包的塑膠袋、或許是能輕鬆搬運物品的破舊腳踏車、或許是不知打哪弄來，拉桿已經扭曲變形的行李箱。

指甲裡填滿到死也洗不乾淨的黑垢、裹著紗布的雙腳不但腫脹發黑還飄出腐爛的惡臭、被汗水和汙垢糾結的頭髮三百六十五天地沾黏在他們的頭頂、不敢與陌生人交集的眼神，空洞地宛如被鑲入玻璃眼珠的破舊娃娃……

讓人凍到發抖的冷風，依舊被暖和明亮的大廳驅離。

與入夜後更深層的黑暗聯手，折磨只能以紙箱與顫抖的身體充當武器，對抗低溫與恐懼，盼望還能多活一天的遊民。

「……」

手機螢幕上，播放新聞報導的畫面被切換成電影明星的最新八卦，收回的視線就像從來不曾將目光投射在別的地方一樣，繼續朝著既定的路線邁開腳步。

結束補習班的課程準備回家的少年走在習慣經過的巷道，旁邊的建築物依舊立著施工中的告示牌。

「江皓辰？」

突然，陌生的叫喚從少年的背後傳來，正想回頭看個究竟，就被從後方伸出的一隻手掩住口鼻，刺鼻的藥水味竄入鼻腔。在一陣驚恐與掙扎後，少年的四肢逐漸癱軟，意識也隨之陷入黑暗。

「──我最討厭的，就是你們這種人。」

厭惡的聲音，冷冷看著癱軟在柏油路面的人，說。

夜光

A light in the dark

第一章　空屋

「這裡是……」

穿著白色襯衫、咖啡色背心和藏青色立領風衣的少年，從混雜著菸味與霉味的黑暗中醒來。

看不見東西的恐懼就連是否睜開眼睛也不太確定，直到透過不斷眨眼的動作確認自己已經清醒，逐漸適應黑暗的瞳孔才終於靠著微弱的光線，勉強辨認出自己身處的地方。是一間老舊狹小的房間。

「唔——」

側躺在冰冷地板的身體發出難受的抗議，起身想打開房間內的照明，卻發現手腳被什麼東西牢牢綑綁讓他無法動彈。

在受到限制的視線範圍內，少年看見散落在水泥地面不同年份與月份的報紙，以及不知道經過幾手主人才終於來到這裡、種類不一的破舊書籍。

牆壁上，掛著在產品充斥的年代逐漸稀少的日曆，彷彿時空膠囊般停留在民國七十八年八月三十日星期五的這天。

提供微弱光源的是一盞大約四十瓦的球形燈泡，藉著這樣的亮度看著被放置燈座的木製桌子上，有一支在網路上被笑稱即使遭坦克車輾壓也能維持通話功能的N牌手機，與一包以藍色紙盒包裝的香菸。

綁架！

恢復正常功能的大腦在收集完所有的資訊後，跳出讓少年渾身發冷的答案。

「終於醒了嗎？小少爺！」

陌生而諷刺的女性聲音，從視線範圍以外的黑暗處響起。

「妳是？」

才剛張口提出疑問就聽見快速衝向自己的腳步聲，接著一股強大的力量重重踢在柔軟的腹部，把他狠狠踢至牆角。

「咳咳咳——」

被外力重擊的肚子，幾乎要將幾個小時前才剛吃進去的食物全部從胃袋裡踢出。喉嚨深處發出的劇烈咳嗽與面對暴力的恐懼，無論哪一個都讓他渾身顫抖，說不出任何話來。

「安靜點，我這個人沒什麼耐心。」

「——」

身體感受到的劇痛讓少年差點飆出自己知道的所有髒話，但是他很清楚，想要活命就不能跟綁架犯正面衝突。

於是，咬著因為長時間接觸冰冷地板而失去正常血色的下嘴唇，忍著因為恐懼而從額頭滲出的冷汗，努力以平靜的眼神直視正在威脅他性命的犯罪者。

「呵，害怕嗎？」

透著微弱光線的老舊房間裡，站著一個年紀和自己差不多的少女。

疏於整理的長髮亂糟糟地翹著乾燥的髮尾，過長的瀏海幾乎遮去她大半的視線，蒼白的皮膚不像塗抹厚重粉底的結果，而更像是身體出了什麼狀況，屬於血色不足的蒼白。

少女握著一把鋒利的刀子，將尖銳的前端貼在少年的頸部，然後一點點加重力道，在脖子上拉出一道迅速滲出血珠的傷口。

「別亂動，我可不會對你客氣，知道嗎？」

「知……知道……」

恐懼下的神經變得比平時更加敏感，就連鮮血在側躺的姿勢下沿著脖子滑過的溫熱也能清晰感受。

黑暗的房間彷彿被冰封的雪國，透著連骨頭都刺痛的低溫。這一刻，無論對方提出的要求是合理還是不合理，受到死亡威脅的他也只能乖乖屈從，點頭答應。

「既然在拿到贖金前還得相處一段時間，我就先把話說清楚，江皓辰，你不要想逃跑，也別奢望這附近會有人因為聽見什麼動靜過來救你。還有，沒經過我的允許你不准隨便說話，否則我不介意打斷你幾根骨頭，反正……」

少女冷冷地勾起嘴角，扔下讓對方更加懼怕的一句話。

「人也沒那麼容易死。我的話，聽明白了嗎？」

「明白……明白……」

肯定的答覆透過顫抖的聲音從江皓辰的口中發出，直到銳利的刀鋒從足以致命的頸部離開。少女握著刀柄走向被黑暗隱蔽的牆角，拿出口袋裡的香菸叼在嘴邊，滾動打火機的打火輪竄出金黃色的火焰。

「呼……」

從口腔吐出的白色煙霧，彷彿也從少女的心中帶走了什麼。

建構出房屋空間的牆面，斑駁得看不出原本的油漆顏色。時間，腐朽了這裡的一切，就連這裡的空氣也飄著潮溼的霉味。

「哼，看來你沒住過這種惡劣的地方吧！小少爺？」

少年皺起眉頭，面對第二次用「小少爺」這三個字譏諷自己的綁架犯，無法再閉嘴沉默下去。

「喂！就像妳說的，在拿到贖金之前我們還得相處一段時間，所以妳能不能別用這種口氣酸我？至少喊我的名字，我叫——」

「江皓辰，十八歲，董事長江燁的獨子，平時一個人住在位於中正路二段的公寓。早上固定在十點鐘出門買早餐，晚上八點則在附近公園跑步，每個禮拜二和禮拜四會去補習班上課，上課時間到晚間九點半，然後走那條最近有工地正在施工的小路抄捷徑回家。」

輕描淡寫的聲音，唸著關於「江皓辰」這個人的家庭背景與生活作息。

直到這一刻少年才終於明白，這並非隨機擄人的綁架案，而是一樁針對「江皓辰」實施的計畫性犯罪。

「為什麼是我？」

大口嚥下蓄積在口腔的唾液，他這輩子沒得罪過什麼人，至少沒有恨他恨到要威脅他生命的人。

那他為什麼這麼倒楣，不但成為綁架案的受害人，還被帶來這個既潮溼又黑暗，還充滿霉味與菸味的廢棄空屋？

「真好笑，我倒想問問，為什麼不是你？」

少女像是聽見最可笑的提問，用手指夾著快要燃燒到末端的香菸，從抿緊的嘴角抽離，看著靠坐在牆壁滿臉害怕與疑惑的人，冷笑發出不屑的聲音。

「我不認識妳也沒做過什麼壞事，卻平白無辜被綁到這種鬼地方，這、這不公平！」

「這個世界……」

燃燒到濾嘴的香菸自動熄滅了紅色的亮點，被黑暗籠罩的牆角傳來沒有任何起伏的聲音，隨著飄散在空氣中的煙圈傳進江皓辰的耳裡。

「本來就不公平。」

——嘲諷的話語，為這起綁架事件，拉開了殘酷的序幕。

「唔……」

從窗戶透入的晨光，總算讓房間裡的一切變得清晰。

不知道究竟昏睡多久，也不知道原本靠著牆壁的自己到底是從什麼時候開始側著身體蜷縮在地上沉沉睡去，只知道現在的他頭痛到難以忍受，偏偏放了止痛藥的書包不知道被那綁架犯扔去了哪個角落。於是只能扭曲變形的五官努力撐起身體，對著空無一人的房間大喊。

「有人在嗎？喂，到底有沒有人在啊？」

然而答覆他的，始終只有空屋裡不斷飄盪的回音。

被童軍繩綑綁的手腳別說掙脫了，就連要在行動被限制的狀況下走到可以逃生的門口都有困難，看來學影集主角帥氣逃亡的方案得暫時擱置，至少在他成功讓綁架犯放下防備心之前。

「可惡！」

江皓辰用力閉起眼睛，等待讓人煩躁的疼痛緩降。

由於家裡的緊繃氣氛，忘了從什麼時候開始，身體就產生偶發性的頭痛，無論掛哪一科門診還是吃哪種藥都無法緩解。反而是一盒一百多塊的止痛劑，能讓不舒服的情況迅速消退。

於是從那時候起，他就習慣把十錠裝的白色藥片帶在身上，方便應付隨時都可能發作，甚至讓他痛到在地上打滾的症狀。

「喂！有沒有人……有沒有……呼……呼……呼……」

喊到喉嚨乾澀的江皓辰，累到不得不放棄呼救的舉動，大口大口地喘著熱氣，飛速運轉的大腦，正在努力回想幾個小時前被綁架的經過……

補習班下課後，他照著一貫的路線回家。

那條施工中的小路，依舊放著能阻擋車子卻阻擋不了行人的橘紅色三角錐。走到一半時忽然聽見有人壓低嗓子喊他的名字，正想轉過頭去看看對方究竟是誰，就見到一隻手突然伸到面前摀住他的口鼻，然後被強烈的藥水味直竄鼻腔。

濃烈刺鼻的味道，是他在昏迷前最後的記憶。

大概是乙醚之類的溶劑吧？

電影裡經常這麼演，卻沒想到有一天自己也會碰上。

施工地點附近的人平時就不多，也沒裝監視器，所以應該還沒人發現有一個倒楣的十八歲少年已經從那裡被人綁架。

從目前的狀況判斷，還不能確定是否有其他共犯？

雖然他一百六十四公分的身高和五十公斤的體型並不算壯碩，但對手是個女生，只要能將那把銳利的刀子搶來，身為男性的他還是有點勝算。

只不過，綁架他的少女究竟是誰？在她背後教唆這樁犯罪的幕後黑手又會是誰？是父親商場上的對手？還是和母親有特殊關係的男性友人中的其中一個？

「嘖，頭痛。」

江皓辰咂了咂嘴。雖然很想像電影裡的男主角一樣，透過蛛絲馬跡推理出策劃這起犯罪的幕後黑手，或是從自己被綁架的時間和地點計算出交通工具行經的路程，然後猜測出這個廢棄空屋的可能所在地。

可惜電影終歸是電影，而他，也只是個平凡的十八歲高三生。

先別說被綁架過來的路上全程處於昏迷狀態，就連對方用什麼交通工具把自己帶來這裡也不知道，腦子裡能浮出的只是一串又一串沒有答案的問號。

「喂喂喂！有沒有人啊？有沒有——」

聲音迴盪在空蕩的房間，死寂般的沉默讓人更加不安。這時，門外忽然傳來腳步聲，配合著他緊繃的身體與懸著的心，愈來愈大的聲響衝破了原本的寧靜。

喀嚓！

磅！

鏽蝕的鐵門忽然發出鑰匙轉動的聲音，接著被一股蠻橫的力道重重拉開，撞在連接樓梯間的牆面。

江皓辰正想開口，少女的腳已先落在身上。

「吵什麼吵？再吵就殺了你。」

穿著長袖外套、脖子還圍著圍巾的少女，眼神凶惡地瞪著靠牆坐在地上的江皓辰。

「我最討厭的就是你們這些沒用的東西，一生下來擁有花不完的錢，不曾吃過苦頭也不會被人歧視。明明就是什麼都不會的廢物，還擺出高高在上的樣子，好像自己很厲害一樣。」

「……」

現在是怎麼回事？他只不過吼了幾聲，有必要被這個綁架犯數落得這麼難聽嗎？再說這女的又有多了解他？沒用的東西？廢物？

江皓辰忍不住發出冷笑，看著對方無預警且明顯的敵意只覺得莫名其妙。

「笑什麼笑？難道我說錯了嗎？」

「哼。」

鼻孔噴出輕蔑的氣音，少年把臉一撇，壓下想反駁對方的念頭。

在他看來，把失敗歸咎給別人或社會，還自詡為體制下受害者的傢伙都是弱者；而弱者，就該像大自然裡的草食性動物一樣，乖乖成為獵食者的食物。

不過就算再怎麼不屑女孩的說法，他也沒打算跟一個拿著刀子，隨時可以威脅自己性命的罪犯嗆聲。

於是，選擇了沉默。

「……」

對方見江皓辰沒有任何反應，也就失去繼續挑釁的欲望，點了根菸走向靠在窗邊的桌子，拉開發出嘎吱嘎吱的聲音、彷彿隨時會在下一刻解體的木頭椅子上坐下，透過垂掛著綠色窗簾的玻璃窗，看著外面的景色從午後逐漸推移至日落傍晚。

「喂！可以給我一點食物和飲料嗎？我從昨天開始就沒有吃過東西。」

快要二十四個小時沒有進食的肚子，不斷發出咕嚕抗議的聲音。

如果早知道自己會被綁架，昨天就該先去吃頓大餐，至少不會餓成現在這副模樣。

坐在窗邊的人，將目光從外面的黑夜移向虛弱靠坐在牆壁的另一個人，諷刺開口：「果然是小少爺，才幾餐沒吃就受不了了嗎？」

「對，受不了。」

江皓辰滿不在乎地回答，在他看來肚子餓又不是丟臉的事，為什麼不能大方承認？

「你！」

原以為自己的話能讓對方覺得羞愧，卻沒料到那傢伙的臉皮居然能厚到這種程度。

少女氣得把頭一扭，用皺巴巴的紙杯從桌子下方的桶裝水接了一杯水，然後走到江皓辰的面前，把紙杯放到他右腳旁邊的地上。

江皓辰側了側身體，露出被童軍繩綑綁在背後的雙手，問：「能不能幫我鬆開？不然我沒辦法喝水？」

「像狗一樣舔著喝，不會嗎？」

「抱歉，這個還真的不會，不然妳餵我喝也可以。」

「你！」

少女咬著牙瞇起雙眼，正打算用拳頭把這位小少爺痛揍一頓時，突然臉色一變，彎著嘴角用力扳起江皓辰的腦袋，狠狠捏著他的臉頰強迫他張開嘴巴，然後灌食般將水杯裡的礦泉水全部灌進喉嚨。

「咳咳……咳咳咳……」

氣管被異物侵入，引發喉嚨一連串的劇烈咳嗽。

「還渴嗎？還渴的話，我很樂意幫你。」

少女高高挑起她的眉毛，露出勝利者的笑容。

「不、不用了，咳咳咳……咳咳咳咳……」

等到終於停止咳嗽，江皓辰壓下差點用髒話罵人的憤怒，在幾次的呼吸和吐氣之後，冷靜開口。

「我們來談個條件如何？」

「談條件？」微微瞇起的眼睛，戒備地看著直視自己的少年。

「對，既然妳綁架我是為了從我爸媽那裡拿錢，不如我把我銀行裡的存款統統提出來給妳，這樣妳既不用觸犯法律，我也能平安地離開。

別擔心，我不會去報警，反正家裡只有我一個人住，不會有人發現我失蹤了十幾個小時，就算真的有人懷疑，也可以騙他們說是跟朋友去自助旅行。

怎麼樣？這個提議挺不錯的吧？」

「你當我白痴嗎？我憑什麼要相信你？別擔心，只要你爸按照約定交付贖金，我保證讓你毫髮無傷地走出這個空屋。」

少女把皺巴巴的水杯放回江皓辰的右腳邊，用他才說過的話，對著自認提出優渥條件的人冷冷回應。

江皓辰吞了吞口水，看著對方的銳利眼神，小心翼翼地試探：「如果我爸……不付錢呢？」

「不付？如果他不付錢，你就會永遠、永遠、永遠地——待、在、這、裡！」

少女用手撥出被夾在圍巾和脖子之間的頭髮，彎下腰，把臉湊到對方的正前方，扔出死亡的威脅。

「——」

來回滾動的喉結，很不容易地將心虛的口水吞嚥下肚。

看來在綁匪拿到贖金之前，自己都得待在這個充滿菸味和霉味的地方。

只是……

他們真的會付錢嗎？

音。

嗡嗡——

嗡嗡——

桌子上，那支號稱連被坦克車輾過都能順利通話的N牌手機，突然傳來震動的聲

從剛才的對話後，又是好長一段時間不曾開口的少女，看著螢幕上的來電顯示抿

起嘴角。

都說人類在緊張的時候，會不自覺地用一些小動作緩解當下面臨的壓力，比如抿

嘴脣、撥頭髮、咬指甲等等。

這些小動作也許連當事人自己也不曾察覺，卻洩漏了當下最真實的情緒。

「給我好好待著，膽敢出半點聲音就要你好看。」

少女瞥了眼已經閉目睡覺，卻因為手機的震動而又睜開眼睛的少年，拋下這句威

脅的話後拿起手機走到門邊。她打開生鏽的鐵門將門虛掩，在充滿回音的樓梯間內，壓低音量和電話另一頭的某個人快速交談。

是同夥打來的嗎……？

如果還有其他同夥，那麼逃走的機會就更渺茫了。

江皓辰把右耳側向聲音的來源，努力從模糊的說話聲中拼湊出對話的內容。只可惜，最後依舊是徒勞無功。

他轉而望向四周，思索可能的逃跑方式。

出口看起來只有大門，解開繩子或許能從窗戶跳下去？但樓層太高可能也是死路一條。

假如只有一個人，無論如何還是要休息，趁她不注意的時候或許有機會逃走。

目前來看，似乎是有共犯。

地點、人數、武器，不確定的地方實在太多了，更別說要怎麼把這該死的繩索解開。

比起等待救援不如自己想辦法逃走比較實在，所以還是先別激怒綁架他的少女。至少先讓她放鬆戒心後，才有逃跑的機會。

虛掩的鐵門在被拉開之後，又被重重地反鎖關上。

砰！

「該死！」

回到廢棄房屋的少女暴躁地踢翻靠在牆邊的椅子，砰然倒地的聲音刺痛著彼此的耳膜。

「怎、怎麼了？」

看著對方驟變的情緒，唯恐自己又要被痛揍一頓的人，緊張地開口關切。

「你爸是白痴嗎？居然不相信自己的兒子就在我們手上。」

盈滿怒意的目光，凶惡地掃在江皓辰的身上。

少年聳了聳肩膀，理所當然地回答：「這年頭詐騙集團那麼多，會在第一時間相信妳就是綁匪的人才奇怪吧？不然妳把手機給我，讓我跟他說幾句話不就能證明了嗎？」

「閉嘴！」

被觸動敏感神經的綁架犯抬起右腳，憤怒地在被害者的側腰處重重一踹。

「我只是覺得這麼做比較有效。」

被踹了一腳的人，扭曲五官發出慘叫。

「我有問你的意見嗎？你只要閉上嘴巴，乖乖等你那位有錢老爸來贖他的寶貝兒子就好。」

江皓辰在聽到這句後，先是愣了幾秒，露出一抹嘲諷的苦笑。

「寶貝兒子？哈哈……」

「有什麼好笑？」

少女皺著眉頭，不明白恐嚇的話為什麼會讓對方覺得好笑，反而覺得被鄙視而亮出刀子。

「唉，妳爸媽應該挺疼妳的吧？」

少女神情緊繃，像是被踩到痛處般，豎起眉毛喝斥：「閉嘴。」

「抱歉，只是想起來有一件事情應該先讓妳知道。我和家人已經很久沒聯絡了，我們關係可沒有妳想像中那麼好。」

「什麼意思？」

「意思就是……我對他來說沒那麼重要。」

被踹倒在地上的江皓辰掙扎地坐直身體，看著少女滿是疑惑的眼神，自嘲地扯著嘴角。

雖說暴露自己沒有利用價值的行為非常愚蠢，但如果他的父母遲遲不肯交付贖款，那麼策劃這起綁架案的「某些人」終究也會察覺到這個事實。

既然最後的結果都是可能被歹徒撕票，不如坦白從寬來得乾脆。

至少，「江皓辰」是死在自己愚蠢的抉擇，而不是死在那位連兒子車禍住院時都因為沒空而不曾來看過一眼、所謂的父親和母親的手裡。

「我看你只不過是叛逆期的心態作祟吧！」

少女嘲笑地彎起嘴角，替對方口中疏離的親子關係做出結論。

「我爸是工作狂，或者該說只是想滿足自己的成就感。從小到大，無論是我的畢業典禮還是生日，就連我出車禍躺在醫院了他都不曾出現，連通電話也沒打。在他心裡工作比我重要多了，妳綁架他的祕書搞不好還比較讓他在乎。」

江皓辰撇撇嘴，聳了聳肩膀。

「你覺得自己很可憐？覺得我應該同情你嗎？」

少女一邊冷冷撥著鬢髮一邊朝江皓辰走去，然後說。

「別開玩笑了，至少你爸能提供你衣食無缺的生活，也沒有留下一屁股債務害你只能為了還債日夜不停地工作，甚至連累母親和妹妹也因為龐大的債務而——」

少女揪著江皓辰穿在身上的外套衣領，用一貫尖酸的口吻諷刺在她眼中不知人間疾苦的小少爺，卻又在說到一半的時候咬住嘴唇，把尚未出口的後半段反駁藏回心中。

「算了，反正跟你說了你也不懂。」

少女別過頭，鬆開揪住衣領的指尖，起身朝地板上吐了口唾沫。

江皓辰錯愕地看著像是洩了氣的綁架犯，眼前的發展和他預想中的對峙有著極大的落差。

他嘆了嘆氣，抬頭望向窗外那片小小的天空，將思緒投入遙遠的回憶。

對於「家」的印象，永遠只有在公司忙碌的父親和總是用各種藉口逃離這個家的母親，就連原本應該充滿歡樂記憶的客廳和餐桌，都只是被家具填充的空間。

所以習慣了不抱期待，習慣了對任何事情都沒有感覺。

因為不抱期待，就不會失望；沒有感覺，就不會痛苦。

咕嚕咕嚕。

飢餓的生理需求讓他想起，一整天除了幾片餅乾以外什麼都沒吃。但比起飢餓，現在還有一個問題更需要立刻解決。

「那個……」

「幹什麼？」

「我要上廁所。」

大概沒想過對方還有這種生理需求，少女面色難看地撇了撇嘴巴，卻遲遲說不出話來。最後惱羞成怒地鐵青著臉，用手指煩躁地敲擊著桌面。

「不會自己想辦法嗎？」

「妳認為我現在這個樣子，能獨自完成上廁所的任務嗎？」

江皓辰舉起被童軍繩限制活動範圍的雙手，心想這或許是個讓對方鬆開繩子的機會。

「如果不願意解開鬆綁就算了，反正我不在乎在這裡解放我快要炸掉的膀胱。」

「江、皓、辰！」

威脅的眼神凶惡瞪著準備就地解放的人，少女抓起放在桌面的尖刀，握著刀柄走向亂說話的傢伙，然後冷不防地轉過江皓辰的身體，讓他面向牆壁背對自己。

「妳妳妳……妳想幹什麼……唉，生理需求不是我想控制就能控制的啊……」

以為自己惹怒壞脾氣的綁架犯，就要被千刀萬剮成為冤死鬼的人，死命扭動身體想避開對生命有威脅的凶器。

「閉嘴！」

「……」

「再亂動我就直接把刀子插下去。」

「——」

江皓辰立刻閉上嘴巴，全身僵硬、屏氣凝神地觀察對方的動作，一會兒後，便發現自己的雙手被解除了束縛，於是放鬆緊繃的肩膀和脖子，如釋重負地吐了口氣。只不過剛一轉過身，就看見少女手上白亮亮的尖刀，和命令式的語句。

「手舉起來。」

「等一下，我不會……」

少女完全不給他解釋的機會，沒有任何猶豫地再次把童軍繩綁上江皓辰的雙手，只不過這一次，是將他的雙手綁在身體前面。

江皓辰走進老舊的浴室，看著裡面並不算大的空間。

地板上，瓷磚和瓷磚間的縫隙，有著無論怎麼刷洗都洗刷不去的汙垢，空氣中瀰漫著一股霉味

唯一能讓光線透入的，是靠近天花板處用來通風的氣窗。

以圓形瓷磚拼貼出的馬賽克浴缸和墨綠色的塑膠製馬桶蓋，是半個世紀前家家戶戶最普通的景象。然而曾經普通的東西卻在時間的推移下，漸漸地變得稀有，變得罕見。

「呼——」

江皓辰對著鏡子拉扯出勉強算是笑容的弧度，看著被髒汙和灰塵布滿表面，連五官輪廓都無法清楚反射的鏡子。

幾分鐘前，被反綁在背後的雙手，換了個位置緊緊地束縛在身前。

嘗試了幾次後，發現依舊無法掙脫看似無害卻著實牢固的白色童軍繩，只好又一次放棄在交付贖金前私自偷跑的打算。

「嘖，連個刮鬍刀也沒有。」

捏著把手的手指，在不發出任何聲音的情況下，輕輕關上鏡子後方的置物櫃。

果然，電影是電影；現實，也只能是現實。

現實中，不會出現前任屋主預先藏在櫃子，可以協助脫困的刮鬍刀；也不會出現藏在鞋子底部，無論壞人怎麼搜身，都絕對搜不到的鋒利尖刀。

「江皓辰你到底尿完沒有？我警告你別想玩什麼花樣，浴室裡的東西我全都檢查過了，沒有可以割斷繩子的玩意兒。」

忙著胡思亂想的少年，被門外傳來的聲音打破天馬行空的想像。

「快好了，馬上就出去。」

江皓辰撇了撇嘴，心不甘情不願地用行動受到限制的雙手，拉起褲襠處的拉鍊，解決生理需求。

「哼。」

冷笑的聲音，從隔了一道門板的浴室外面傳來。

「嘖。」

不爽地轉開洗手檯上的水龍頭，慶幸看著從裡面流出來的自來水。

呼，幸好還有水可以洗手。

江皓辰走出浴室回到原來的房間，看著站在窗戶旁邊，叼著香菸凝視外面的女孩。

忽然有種感覺，覺得眼前的人就像飄散在空氣中的白煙，讓他始終摸不透她的想法。明明渾身上下充滿憤世嫉俗的戾氣，卻又透著難以忽視的悲戚。

看到江皓辰走出來，她立刻湊上來仔細檢查，深怕他動了什麼手腳。

「真的沒做什麼啦。」

「幸好你不笨。如果繩子綁不住你，我不介意打斷你一條腿。」

拋下一句威脅，女孩回到窗邊再次吞雲吐霧。消散於空氣中的煙，就如同她瞬息變化的情緒，毫無規律可循。

突然，叼著香菸的女孩捏著紫灰色的智慧型手機，問著江皓辰：「為什麼你的手機裡沒有你媽的電話？」

「不小心刪掉了。」

少年在幾秒鐘的沉默後，移開心虛的視線用謊言取代真相做為回應。

「喔？」

「她很忙沒空管我，反正也沒機會打她的號碼，刪了也沒差。」

狐疑的眼神持續固定在江皓辰的身上，後者只好嘆了嘆氣，說出只有百分之五十的真相。

「連兒子被綁架都不知道，還真夠忙的。是忙著逛街？忙著喝下午茶？還是忙著出國買名牌包？」

江皓辰忍不住翻了個白眼，嘴賤回應：「老天！妳到底有多大的偏見？有錢人難道都是天天花錢，過著糜爛奢華的生活嗎？

我告訴妳，雖然我對我爸很不爽，但是他在工作時卯起來拚命的模樣，就連在商場上競爭的對手也不得不豎起大拇指佩服。」

就算是盲目的仇富心態，好歹也該有基本的智商吧！

那些人能夠坐擁財富，是他們透過努力才能積攢的結果，並不是每一個生活條件比自己優渥的人就一定幹了什麼不法勾當。

整天嚷嚷「他們不過是靠父母運氣好，如果有錢自己也可以」，不過是自以為是的精神勝利罷了。

「偏見？偏見不就是你們這些有錢人經常在做的事情嗎？」

江皓辰的回應重重撞擊在少女的胸口，在工作時曾經遭受的歧視與惡意，不受控制地浮上腦海……

『只有國中畢業的傢伙能做什麼工作？』

『——喂喂，怎麼會讓她這種人進來？』

『大家都小心點，這女孩那麼窮、家裡又有問題，手腳肯定不乾淨。』

酸諷的詆毀透過少女的模仿，唯妙唯肖地呈現在江皓辰的眼前。

「我才想問問我到底做錯了什麼，為什麼所有人都用這種瞧不起的態度對我？」

越說越激動的聲音，卻在下一刻變得頹喪。

「算了，反正我早就知道了……」

被擊潰的尊嚴，血色盡失的臉龐，少女難得地沒用嘲諷的語氣繼續回嗆，而是掏出打火機點燃第二根香菸，走向窗邊看著外面的風景，說著宛如咒語的低喃。

「這個世界，本來就不公平。」

模糊的低喃分不清究竟是在對誰說這句話？

是她自己？還是曾經將謠言的髒水潑到她身上的那些人？

然而宛如咒語般的每一個字，卻重重打進江皓辰和少女的心中。

第二章　另一個女孩

「好冷……」

原本想等綁架自己的人熟睡後找機會逃脫，偏偏無論時間過去多久，對方依舊睜著雙眼坐在窗戶旁邊點燃一根又一根香菸，彷彿這個味道能讓她覺得安心，以至於最後的結果是他先一步沉沉睡去。

「嘖。」

江皓辰睜開眼，撇撇嘴，忍不住對自己吐槽。

他還真是個少爺命格，不但住不慣這種充滿霉味的地方，就連能伺機逃跑的體能也弱得可以。不過或許也是因為連日來的情緒緊繃和恐懼，讓身體達到負荷的極限了吧！

「唔……」

迷迷糊糊地睡醒後，逐漸聚焦的視線看見一張全然陌生的臉孔。江皓辰反射性地猛一退撞上牆，舉起手擋在胸前。

看起來像是國中生的女孩，體型纖細，穿著有些陳舊的厚重外套和深紅色的毛衣。最讓人注意的還是她那對漂亮的眼眸，是彷彿琥珀般純淨的淺褐色。

她隔了一段距離蹲在視線的正前方，兩手緊握著曾經在他的脖子上劃出傷口的那柄尖刀，一動也不動地直盯著江皓辰。

與暴躁的長髮少女不同，這個女孩的沉默給人一種難以言喻的壓力。

「……妳是誰？」

江皓辰試探性地問了問，卻讓渾身緊繃的女孩更加懼怕地向後退去，甚至立刻起身，握著足以致命的鋒利凶器居高臨下地看著他，抖著嘴脣吐出威脅的字句。

「不、不要動！」

右邊肩膀抵著堅硬的水泥地，江皓辰抬起脖子向四周張望，確定那位眼神凶狠還會動用暴力的綁架犯並不在屋內之後……

瞬間，一個驚險的念頭閃過腦海。

於是扭動被限制自由的身體，直到能讓自己從地上站起，然後死死盯著似乎能輕鬆對付的女孩，以及被她握在手中的尖刀。

「你、你要做什麼？」

稚嫩的臉龐，看著逐漸向她走來的人，害怕地問。

「不可以，不要過來，啊——」

江皓辰始終凝視著對方握在刀柄處的雙手，然後在刺耳的叫聲中整個人撞向刀尖。

哐噹！

金屬製品砸在硬物上的聲音，突兀地在只有兩個人的空間內響起。

啪……

啪答……啪答……

被刀尖劃出傷口的手臂，紅色的鮮血正一滴接著一滴濺在被撬開瓷磚的水泥地板。

時間似乎在剎那間停止，雙方都清楚地感受到躁動的心跳與揚起的刀光。

「你、你……呼……呼……呼……」

女孩看著眼前發生的意外，慌張撿起落在地上的刀子，然後迅速拉開兩人之間的距離，退到她覺得安全且能控制一切的牆角。

劇烈起伏的胸口不斷喘著急促的氣息，握在刀柄處的雙手不受控制地抖動。

「靠！」

不斷滲血的手臂，痛到讓江皓辰罵了句髒話。

看來仿效電影情節，用刀子劃開手腕上繩子的招數不僅不管用，還白白流了這麼多血，簡直給自己找罪受。

「你、你不要再動了！」

穿著毛衣的女孩，被染紅袖子的鮮血嚇得臉色蒼白。

「好……我不、不動……不動……」

幸好傷口不大也不深，只是……

糟，頭暈。

雖然想張嘴呼救，卻發現無論如何用力都喊不出足以穿透鐵門的聲音。

「你、你怎麼了？你是不是要死掉了？」

「哼……」

女孩驚慌失措的聲音，彷彿從極為遙遠的地方傳來，忍不住拉扯嘴角，露出諷刺的冷笑。

記得，有人跟他說過——

人，沒有那麼容易死。

所以……

「放……放心……死、死不了的……」

高舉過頭的雙手彷彿瞬間坍垮的積木，江皓辰眼前一黑，頭朝下地倒臥在冰冷的地上。

從昏迷中清醒的人，才剛睜開眼睛就聞到自己身上透著濃濃的碘酒味。

雖說限制自由的童軍繩依舊固執地纏繞在他的腳踝與手腕，然而被刀子劃傷的手臂，無論襯衫還是風衣的袖子，都被小心翼翼地捲至不會碰觸到傷口的手肘。而在長約七、八公分的裂口處，密密麻麻貼著的十幾條ＯＫ繃，就像被針線縫補的破布娃娃，爬著醜陋又駭人的傷疤。

仰躺在水泥地面的後腦，也被放置了以圍巾與厚重書本做出的臨時枕頭，難怪這一覺睡得十分舒服，就身體也從虛弱的狀態中恢復不少。

江皓辰環顧四周，發現依舊只有那個女孩。

「其他人不在嗎？」

「……」

女孩明明聽見對方的問話，卻只是死死盯著江皓辰的臉，沒有任何反應。

「妳是負責看守我的人對吧？」

「……」

再次提出的問題，依舊得不到回答。

於是吸了口氣舔拭乾澀的嘴脣，決定用苦肉計騙騙這個涉世未深、看起來比較容易說服的女孩。

「能不能幫我解開繩子？我的手已經麻到沒有感覺，再這樣下去搞不好得截肢。」

「可是姊姊說……絕對、絕對，絕對不可以聽你的話。」

女孩猶豫地看著江皓辰被自己用ＯＫ繃貼得亂七八糟的手臂，堅定地搖了搖頭。

「姊姊？」

抓住對方無意間透露的訊息，江皓辰的眼睛頓時間亮了起來，繼續追問。
「妳說的姊姊，是不是那個把我綁來這裡，圍著圍巾還留著一頭長髮的傢伙？」
「……」
女孩瞪大雙眼懊悔地咬著下唇，顯然也知道自己不小心說溜了嘴，將左手握上右手的手腕，像是代替不在身旁的姊姊保護膽怯又惶恐的自己。
「她在哪？我想跟她談談。」
江皓辰連續問了好幾個問題，不但得不到預期中的答案，反而加重對方的警戒心，咬著嘴唇不再說話。
「算了，我不問了，有食物嗎？妳姊姊該不會連食物也不給我吧？」
女孩終於鬆開被咬到留下牙印的嘴脣，以行動做出回應。她吃力地搬來一大桶的桶裝礦泉水，把盛水的飯碗放在地上，然後小心翼翼地把水倒進碗裡，順便在地上放了一包餅乾。
「謝啦！」

江皓辰掙扎地坐直身體朝對方眨眨眼睛，似乎忘了幾秒鐘前還不斷追問的問題。窸窸窣窣打開包裝食物的塑膠袋，狼吞虎嚥吃著以前覺得難吃，現在卻不得不習慣的垃圾食物。

「看我做什麼？」

江皓辰大口咀嚼硬邦邦的餅乾，察覺到始終停留在自己身上那道欲言又止的視線後，決定放下只剩最後三片的餅乾，看向坐在窗臺旁的女孩。

女孩猶豫許久，坐在椅子上環抱著自己的身體，抬起臉看了他一眼後，隨即將視線落回鞋子前端的地面，認真地說。

「姊姊她……不是壞人……只要拿到錢就會放你走，所以拜託你不要亂動。」

「——」

聽見這句話的人，忍不住在心底翻了個大大的白眼。

喂！妳知不知道妳姊不但把我綁架來這裡，還找我爸勒索贖金？還動不動就踹人揍人？

把人綁架到廢棄小屋，拳打腳踢之後宣稱自己不是壞人？

怎麼不乾脆說自己是慈善團體算了？

套句網路上流行的那句話，這不叫做壞人，什麼才叫做壞人？

不過還是點了點頭，答應對方的要求：「知道了，我不會再輕舉妄動，會乖乖配合妳們。」

至少——

在沒有十足把握能逃離這裡之前。

「謝謝你。」

女孩揚起頭看著答應自己不會亂動的人，鬆開環抱著身體的雙手，開心地握著拳頭，露出笑容大力點頭。

被監禁的生活無聊得要死，被綁著的手腳讓江皓辰什麼事情都做不了。

以前被手機、網路和線上遊戲占據，覺得完全不夠用的時間，現在卻漫長得讓人抓狂。

已經整整兩天沒有去補習，補習班的主任或老師會不會因為察覺到不對勁而去報警？

嘖，好吧。

按照平常缺席的頻率來看，老師們就算發現叫做「江皓辰」的學生沒有來上課，恐怕也只會認為是去哪間網咖狂打電動了吧！

唉，有點後悔以前任性蹺課的行為，又或者應該多交幾個朋友，這樣至少失蹤後會立刻被人注意到異樣，然後通報警方將他從這個噁心的地方救出去。

被刀子劃開的傷口似乎出現發炎的現象，無法降下的體溫也讓蜷縮在牆邊的身體變得越來越滾燙。

偏偏負責思考的大腦彷彿失去煞車器的火車，快速閃過短短十八年的人生中，各種有趣、難過、痛苦、挫折、憂慮甚至是幸福的片段……

最後，高速運轉的思緒衝出位於山壁懸崖的軌道，在極度疲憊的狀態下進入最深層的睡眠，直到身體因為飢餓的抗議而再度醒來。

☾

當江皓辰再度醒來時，時間已接近中午。

「我餓了，有沒有吃的？」

「……」

於是，餓肚子的人再次得到同樣的餅乾和一瓶礦泉水。

忍不住自嘲，現在的他好像正過著茶來伸手、飯來張口的生活。

「能不能給我換別的食物？老是吃這種東西實在讓人很反胃耶！」

江皓辰把放在腳邊的營養口糧踢回窗臺旁邊的桌腳，用行動爭取身為人質的飲食福利。

女孩坐在椅子上，捧著不知從哪裡拿來的書本，歪著頭納悶反駁對方的話：「這種餅乾不但便宜又能保存很久，為什麼會覺得反胃？」

「可是一直吃這個會營養不良吧？」

江皓辰看著用紅色字體和方框標示「營養口糧」的外包裝，心想這種明明沒什麼營養價值卻取了這個名字的餅乾，還真是圖文不符、自我諷刺到了一種奇葩的境界。

「是嗎？但它很便宜，又吃得飽。」

捧著書本的人皺起淺棕色的眉毛，似乎並不認同江皓辰對於食物的認定。

在她的認知中，吃的東西只要便宜就好，至於會不會天天重複？有沒有營養價值？或者口感是不是既難吃又乾澀？對她跟姊姊來說這些都不重要。選擇的唯一標準，就是便宜。

「算了。」

江皓辰吐了口氣，放棄繼續在這個話題上打轉。於是撕開塑膠包裝的鋸齒狀封口，嫌惡地抽出咖啡色又硬邦邦的餅乾。

隨著無味的麵糊味道再度擴散於口中，腦袋也開始恢復運轉。

事情並沒有表面上看到的那麼單純，這對姊妹也絕不是策劃這場犯罪的主謀。畢竟光是要把他從施工中的巷道運來這間廢棄空屋，單靠兩個瘦弱的女孩絕對不可能。

還有，不斷透過手機和少女談話的——

某個人。

「那個，我很好奇，妳跟妳姊是怎麼知道我的背景資料還有生活作息？是不是有什麼人在背後幫妳們啊？」

江皓辰試著跟對方攀談，內向又年輕的女孩說不定是個很好的突破口。

女孩把打開的書本靜靜地放到腿上，咬著嘴唇，遵守姊姊交代過不可以跟這個人說話的規定。不過這麼做並不能阻止江皓辰試圖從她身上打探出更多內幕。

「妳應該只有國中，還是學生吧？真的知道自己在做什麼嗎？我是不清楚妳姊是怎麼對妳說的，不過綁架是犯罪，犯罪懂嗎？要是被警察抓去坐牢，要關在監獄裡吃上好幾年牢飯的。」

越瞪越大的眼睛，疑惑地看著正在說話的另一個人。

「而且擄人勒贖罪很重，就算是未成年人也一樣得面臨刑責，甚至連累其他家人。搞不好妳姊只是在利用妳，打算拿到錢後就把所有責任統統推到妳的頭上。」

江皓辰扭開寶特瓶的瓶蓋，灌了幾口礦泉水，繼續用恫嚇的語氣動搖對方的情緒。

「姊姊才不會這麼做！」

靠坐在窗戶旁的女孩突然跳下椅子，無視從腿上摔落地板的書本，激動地握著拳頭，眼眶泛淚地瞪視著說姊姊壞話的江皓辰。

「太相信別人會死得很慘喔！別以為家人就可以信任。」

「姊姊跟他們不一樣！你根本不懂姊姊！」

對峙的氣氛彷彿逐漸劇烈的樂章，在每一個音符上方都標著要求重拍的ｆｆｆ記號。

「我當然不懂，我只知道她是一個既愛抽菸又有暴力傾向的綁架犯。」

「才不是！才不是你說的那樣，姊姊是因為……因為……」

「因為什麼？」

「因為……嗚哇——」

找不到詞彙反駁的女孩哇的一聲當場大哭。

「算了，我不逼妳，妳自己想清楚就好。」

愧疚的神情從江皓辰的臉上快速閃過，就算再怎麼想藉由剛才的對話，在對方心中埋下不信任的種子，終究還是做不到繼續欺負一個已經哭到哽咽的女孩。

於是草草結束尖銳的逼問，改而問起女孩的名字。

「所以妳到底是誰？叫什麼名字？」

「黃以苓。」

女孩抬起掛著淚痕的臉龐，倔強地看著空屋中的另一個人，然後回答。

配著礦泉水咀嚼硬到連牙齒都會痠疼的營養口糧，打量的目光投向從剛才開始就和自己保持固定距離的女孩。

「妳為什麼這麼義無反顧地幫妳姊姊？」

黃以芩縮起脖子怯怯地看著江皓辰，然後回答：「因為一直以來都是姊姊在照顧我，所以我也想幫她做她想做的事情，這樣子……很怪嗎？」

「廢話！」

向來自詡利己主義者的江皓辰差點被這句話氣到腦子充血，就連說話的口氣也變得尖酸刻薄。

「妳知不知道刑法第三百四十七條的擄人勒贖罪，可是七年以上甚至無期徒刑的重罪？搞不好妳們兩個接下來的人生都得在監獄裡面度過耶！」

就算走上犯罪的岔路是因為過去的悲慘，因為毫無選擇的情況所導致，但是社會的遊戲規則就是如此，任何人都必須為自己犯下的錯誤付出代價。

黃以芩瞪著雙眼，重重地將吸入鼻腔的空氣抽回肺部，「我相信姊姊，而且……很多你們以為理所當然的事，對我們來說根本不是那樣……」

「理所當然的事？」

江皓辰的疑惑還來不及得到回答，兩個人之間的對話就被手機在桌面震動的聲音打斷。

黃以苓從外套口袋拿出十年前曾經非常流行的掀蓋式手機，接起電話，說：

「嗯，沒事。他就在旁邊，好。」

幾句簡單的對話後，黃以苓點點頭走到江皓辰旁邊，將話筒貼上他的耳廓。

「喂？」

突起的喉結，明顯地在江皓辰的頸部上下滾動。他再次吞了口口水，懷揣對人性的希望，開口。

爸爸他，果然還是擔心自己的。

即使長久以來他們的親子關係十分疏離，但是拯救被綁架甚至被威脅性命的孩子，畢竟是每一個做父母的人無法擺脫的天性，就像自然界中會誓死捍衛幼獸的動物。

『哼，看來你還挺有精神的。』

覆蓋在眼球外圍的眼皮，被臉部肌肉從不同方向狠狠拉扯，凸出的水晶體表面，迅速罩上被背叛後的水霧。

綁架犯的聲音，透過手機的話筒清楚地傳進江皓辰的耳朵。

而他，就像被人押著後腦按入位於極圈的海域，在漂著冰山的海面下，凍結了所有的感覺。

「沒符合妳的期待還真不好意思。」

『江皓辰，在我回去之前你最好安分點，否則你就等著缺隻胳膊少條腿，反正只要還留著一口氣就不算撕票。』

「我爸答應付款了嗎？」

『這不關你的事，你擔心你自己就夠了。』

「喂，等等，等一下！」

手機另一頭發出通話被切斷的忙音，十八歲少年的表情瞬間慘白。

「姊姊說了什麼？」

「她說她很快就回來，要我安分點。」

木然的臉孔，毫無情緒地複述著某人才說過的話。

沉重的失落感彷彿位於海拔兩萬五千英尺的高空，氧氣稀薄得足以讓他在六十秒內死去。呆滯看著凹凸不平的水泥地面的眼神，就像被人突然澆熄的柴堆，剛剛還燒著溫暖的火炬，現在卻只剩下淫透的冷漠。

「太好了。」

猶如對照組般，女孩在聽見同樣的消息後，卻是露出開心的笑容，然後闔起手機蓋撿起掉落在地上的書本，舒適而悠閒地坐回窗臺邊的椅子，像隻等待主人返家的小貓。

唰——唰——

被指尖翻動的書頁，有著被歲月浸潤後的泛黃邊緣，黃以苓甚至一邊看著書中的內容，一邊哼起透過廣播電臺學會的流行歌曲。

「——」

相反地，江皓辰的臉龐卻透著死人般的蒼白，視線緩緩地沿著連結水泥地面的桌腳，像條靠著鱗片爬行的毒蛇，直到爬上女孩的身上，看著她的臉，憤怒地想撕碎那滿足的笑容。

為什麼她能這般近乎愚蠢地相信自己的姊姊？

會有什麼後果，能拿到多少錢，女孩既不知道也不在乎，就只是信任著「姊姊」。

自己卻直到今天為止，都不曾聽見父母緊張自己的孩子被綁架，或者著急地與綁匪聯繫如何交付贖金的消息。

江皓辰不是應該高高在上，因為擁有不愁吃穿的優渥生活，而被這對走投無路只能選擇犯罪的姊妹嫉妒？

但，為什麼？

為什麼感到悲哀。

為什麼現在覺得羨慕的人……

是他？

幾小時後，寧靜的廢棄建築物前傳來機車駛入巷道，最後熄滅引擎的聲音。

接著，樓梯間迴盪起清晰的腳步聲，直到生鏽的鐵門發出被金屬鑰匙插入、轉動後開啟的聲音。

「姊姊！」

黃以苓開心地把閱讀中的書本放在桌面，跳下椅子衝向由外推入的鐵門，抱著終於回來的姊姊親暱喊著。

「去，趁熱吃。」

圍著圍巾的少女摸摸妹妹的頭髮，把裝著便當的塑膠袋交到她的手上。

「好。」

燦爛的笑容，甜甜地掛在黃以苓的嘴角。

看見這一幕的江皓辰，沒有任何情緒波動的眼神就像被投入石子的湖水，悄悄盪起無聲的漣漪。

但，也就是一閃而過的瞬間。

盪起的波紋很快地從表面消散，恢復成宛如鏡面般光滑，沒有任何反應的湖水。

「歡迎回來啊。」

少女狐疑地瞥了眼靠坐在牆邊的少年，對妹妹壓低聲音問了幾句，女孩也湊到姊姊耳邊竊竊私語。儘管江皓辰停住呼吸想聽聽她們究竟在說什麼，卻還是什麼也沒聽見。

少女看著江皓辰手臂上的刀傷，面色不善地問：「這是怎麼回事？」

「如果說不小心割到妳會相信嗎？」

「少在那邊嘻皮笑臉！」她憤怒吼著，並再度確認綁在江皓辰手腳處的繩子。

「能掙脫的話也不會等妳回來好不好……」

少女冷冷一哼，說：「連她都能搞定你，果然是個貨真價實的貴公子。從小到大都是爸爸媽媽幫你安排妥當，無論唸哪所學校或是將來在公司裡擔任什麼職務吧？小少爺的家裡，該不會還有專屬傭人幫你打掃，讓你連最基本的垃圾分類都不知道吧？」

「這是什麼偏見啊，妳只是痛恨比妳有錢，比妳有成就的人。」

「對，我最討厭的，就是你們這種人。」

江皓辰無奈地嘆了口氣，單方面的敵對態度讓對話難以成立。

少女回到女孩身邊，卻發現妹妹只是打開了飯盒，連免洗筷的塑膠套都沒拆開，靜靜坐在椅子上等著她一起用餐。

「我已經吃過了，不用留給我沒關係。」

淡淡的笑容掛在幾天來都緊繃的臉龐，少女親暱地摸了摸女孩的頭頂，看著她打開塑膠套拿出免洗筷享用還有點餘溫的便當，然後走進浴室洗去身體的疲憊。

看著這幕的江皓辰抿著脣不發一語，略為模糊的視線洩漏了想要隱藏的情緒。

「看什麼看？」

一會兒後，挽著頭髮走出浴室的少女，瞪著把視線投在自己身上的江皓辰，揚起眉毛斥喝。

「沒什麼，只是我也很想洗澡，可以用銀行戶頭裡的一半存款來交換讓我洗個熱水澡外加一個熱騰騰的便當嗎？」

「小少爺，你以為這裡是旅館嗎？」

少女蒼白的肌膚因為沐浴後的熱度添了些許紅潤，但是臉上的表情卻依然冰冷。

「如果旅館是這種服務，我早就去客訴了。」

「你可以繼續耍嘴皮子沒關係。」

少女用指尖在脖子處輕輕一畫，做了個威脅性命的手勢。

「不不不，當我沒說，當我沒說。」

少女鄙視地嗤了聲，走向吃飽後就坐在椅子上一會兒打盹一會兒睜開眼皮、努力對抗瞌睡蟲的黃以苓。少女不自覺地彎起嘴角，就連臉部的線條也變得柔和許多。

少女拍了拍妹妹的肩膀，說：「如果想睡了就去床上睡，地板太冷容易感冒。」

「嗯……」

黃以苓點點頭，聽話地跳下椅子走到破舊又充滿霉味的床鋪，爬上去後曲著身體沉沉睡去。

唰！

衣服摩擦的聲音從江皓辰靠坐的牆面傳來。咬著嘴唇逞強、不讓自己發出示弱的聲音的少年突然間站了起來，換了個方向，面對牆壁側躺在既硬又不平整的水泥地板。

從眼角滾落的淚水順著身體側躺的姿勢，滑過太陽穴，打溼枕在腦袋下方的頭髮。

瞪著被歲月侵蝕得斑駁而老舊的牆面。

以憤怒與仇視——恨恨瞪著！

第三章　期待

第三天。

都快習慣房間裡的霉味，還有只要某個人出現就會伴隨而來的菸味。

江皓辰睜開雙眼看著從窗外透入卻無法驅逐屋內寒意的陽光，不由得打了個冷顫。昨天晚上，在已經睡得迷迷糊糊的情況下，被綁架犯抓著肩膀將他從睡夢中搖醒，然後將通話中的手機貼到他的耳旁。

『皓辰？』

『爸？』

疏離的語氣，卻讓反覆在信任與質疑之間擺盪的思緒，重新燃起小小的希望。

『真的是你嗎？』

『嗯，是我……爸……』

哽咽的聲音，從喉嚨深處發出。

仍在通話中的手機被綁架他的少女從耳邊抽走，握著手機走到敞開大門的樓梯間，接著將厚重的鐵門輕輕關上，不讓交談聲傳入屋內。

幾分鐘後，樓下傳來引擎發動的聲音，顯然接洽到父親的少女已經離開了這棟不知位於何處的廢棄建築物。

「哈……哈哈……哈……」

重複著剛才那段對話的大腦，讓嘲諷的笑聲不斷從江皓辰的齒縫間鑽出。

電話裡，父親的聲音一貫地淡漠，似乎依舊不太相信和他說話的人就是自己養了十八年的兒子。

不過也是，平時的他們也沒怎麼交談，老爸說不定連他的聲音是什麼樣子都印象模糊。

江皓辰翻轉著身體，感覺傷口處的發炎狀況似乎更嚴重了，不但讓負責思考的大腦變得遲鈍，就連浮現出的想法也開始消極而悲觀。

還是只能靠自己說服她們了。

「幾點了？」

依舊坐在窗戶邊的椅子上，沉浸在書中世界的黃以苓在聽見動靜後抬起頭，看著對她眨眨眼睛的江皓辰。

女孩從口袋拿出自從手機問世之後，就越來越罕見的手錶，回答：「七點。」

「咳、咳咳，居然這麼早？」

訝異看著給出這組數字的人，忍不住對過去的作息吐槽。

嘖，果然日子太閒就會自動早睡早起，以前的他可是不到凌晨三點不會睡覺，不到中午絕不起床。

「咳咳……咳咳……該死……」
忽冷忽熱的身體印證了自己的猜想，江皓辰不由得壓低聲音咒罵了句。
可惡，偏偏挑這種時候感冒，這下子甭說逃跑了，搞不好連保持腦袋清醒都很困難。
忘了在哪本科幻小說中，看過這樣的情節……
故事中的國家有一種極為特別也非常慘忍的刑罰，負責執行的司法機構並不剝奪重大犯罪者的性命，而是先摘取並儲存他們的意識，接著將肉體冷凍在華氏零下三百二十度，也就是攝氏零下一百九十六度的低溫，然後把保留下來的意識放置在虛擬的空間。
這些犯罪者就像啟動後再也停不下來的核子反應爐，只能不斷重演他們犯下的罪刑。
只不過，這次他們不再是任意操控別人命運的主導，而成為自己手下的「被害人」，一遍一遍、一回一回地被「自己」槍擊、毆打、強暴、虐殺、焚燒……

於是，曾經的「加害人」成為了「被害者」，在虛擬的空間中永無止境地感受著受害者臨死前的恐懼、崩潰、哀求、煎熬，與哭喊。

從此之後，這些「犯罪者」再也不會與真實世界有所連結，只能這樣毫無自主與意義地活著。

但也只是——

這樣地活著。

閱讀這套書的時候只覺得題材十分有趣，卻突然在切身遭受到行動被限制約束卻依然算是「活著」的時候，終於明白小說中的主角，在得知自己為什麼不斷被同一個惡魔折磨到死的原因後，選擇乞求在真實世界中有權控制這臺機器的人——那個父親被自己殺害，為了復仇而來的女孩——乞求她關閉虛擬空間的開關，放棄這樣的「永生」，帶著贖罪與愧疚投入死亡的懷抱。

因為，那種活著，本身就是個極其殘忍的詛咒。

「嘖！」

江皓辰偷偷拉開手腕與手腕之間的距離，但就如同幾天下來的嘗試，一切的努力都只是——徒、勞、無、功！

靠！

在這種連食用油跟布丁都有人造假的年代，為什麼偏偏製造童軍繩的廠商仍是品質保證的良心事業？繩子堅固耐用就算了，還能把皮膚摩擦出痛得要死的勒痕。

如果能順利逃脫出去，他絕對要寫信給市長，讓政府好好獎勵這樣難得的優良廠商。

「有什麼可以吃的？我餓了。」

放棄掙脫繩子的江皓辰，右臉貼著水泥地面仰起脖子，看著窗戶的方向。黃以苓點點頭，從腳邊的塑膠袋裡拿出半塊饅頭走到江皓辰的面前，把饅頭和礦泉水交給他。

「唉，上次是餅乾，這次是饅頭？」

看著放在掌心上已經失去水分，不但變得乾硬，甚至可以拿來當作凶器砸人的食物，厭惡地皺起眉頭。

唉，又是這種便宜耐放，卻完全與美味無緣的東西。

突然好懷念住家附近的早餐店，光是想起培根和雞蛋在鐵板上煎得滋滋作響還飄著誘人香氣的畫面，他就快被唾腺分泌出的口水給噎死。

「這個……有這麼難吃嗎？」

黃以苓歪著頭看著對方，不知道江皓辰的表情為什麼這麼厭惡？

「當然，簡直難吃死了。如果讓我來料理的話，我會把饅頭用電鍋蒸透，再拿平底鍋煎個漂亮的荷包蛋，等到差不多三分熟的時候在蛋黃上撒一小撮黑胡椒，然後把饅頭撕成一塊一塊地沾著滑嫩的蛋汁享用。

反正不管用什麼樣的方式料理，都比妳這樣乾吃，要好吃多了。」

「你會煮飯？」

黃以苓瞪大眼睛，不敢相信地看著比自己年長幾歲的大哥哥，直到幾分鐘後才終於開口。

「怎麼？很奇怪嗎？」

「你們不是有專用廚師負責做飯，然後請女傭把飯送到你睡覺的房間嗎？喔對，還有管家，那種會幫你打點一切事物的專屬管家。」

女孩越說越激動，抓著外套的袖口露出可愛天真的表情。

「等等！專用廚師？女傭？還管家？」江皓辰當場用自己的五官扭曲成一個標準的囧字，翻著白眼大力吐槽：「喂！妳是不是連續劇看太多啊？」

又不是住飯店，怎麼可能有那種服務？

黃以苓曲起膝蓋跪坐在江皓辰的正對面，不死心地繼續追問：「不然你平常吃什麼當早餐？」

「平常嗎？就去附近的早餐店買個蛋餅、三明治、麵包，不然就是中式早餐店的油條跟飯糰。」

「什麼啊？居然這麼平凡？」

不滿地嘟起嘴巴，看著原本還挺崇拜的大哥哥。

從鼻孔噴了口熱氣，江皓辰好笑地反問露出失望表情的女孩：「不然請問黃以苓妹妹，妳以為我該吃什麼？」

人參？鮑魚？帝王蟹？和牛？還是魚子醬？

「所以你們也沒有定期舉辦茶會嗎？」

「茶會？妳說的是那種傳統三層式英式下午茶，底層是三明治、中間是司康、上層是小蛋糕跟水果塔，還得按照順序從下往上品嘗的那種？」

為了確認自己沒有誤解對方的意思，還囉嗦地將整套英式下午茶的組合描述了一遍。

「對啊，難道你不會在家裡舉辦這樣的茶會嗎？」

「當然不會，光是泡茶跟買蛋糕就夠麻煩的，更別說客人們離開後還得收拾一堆東西，我是腦子有病喔天天搞這玩意兒？與其弄這些麻煩得要死的東西，不如直接約對方去咖啡店或飯店的下午茶吃到飽。」

「是嗎？」可愛的臉蛋失望地垂了下去。

被認定是漫畫中富家貴公子的人翻了個白眼，繼續吐槽：「妳乾脆說我家前面有小河後面有山坡，家裡傭人數十個，拉個鈴鐺就會有人跑過來伺候本少爺。」

黃以苓把眼睛瞪得超大，像是終於找到「想像中的有錢人」跟江皓辰這個「現實中的有錢人」的共通點，露出燦爛笑容開心地用力點頭。

江皓辰下巴一垮，用看見怪咖的表情看著對方。

不、是、吧？她還當真以為自己過的是這種生活？

收回快要掉到地板的下巴，咳嗽幾聲後努力解釋：「說真的，我也挺想過那樣的生活，不過很可惜，我只是一個住在十坪小套房、得自己洗衣服和打掃，晚上準時九點半得拎著垃圾袋去追清潔車的人。」

「可是……你……」黃以苓咬了咬嘴脣，沒什麼底氣地反駁：「你不是很有錢嗎？」

「有錢的是我爸，又不是我。」

「如果我很有錢的話，我一定會住很大的房子，然後請很多人幫忙打掃做飯。」

「可是所有事情都有人幫妳處理，那妳要做什麼？」

「就……睡覺，吃飯，啊對，還有看書。」

「一直這樣？」

沒有追求？沒有目標？就只是活著而已？

「嗯，我想要成為這樣的有錢人，什麼事情都不用做的有錢人。」

江皓辰眉毛一抬，突然明白這對姊妹為什麼對「有錢人」有這麼深的敵意。因為她們對於這個世界的理解，完全來自於錯誤的炫富資訊和想像。

也就是說，黃以芩和那個綁架犯姊姊所接收到的訊息主要來自於大眾傳媒，甚至不客氣地說，是「她們」希望看見的面向——

窮人是善良的，而有錢人是邪惡的這個面向。

於是「只」看見開跑車撞人、開趴嗆警察、不必付出任何勞力卻能享受舒適生活的「有錢人」；也「只」看見超時工作、被資方壓榨、被迫去借貸負債才能繼續活下去的「窮人」。

羨慕、壓抑、嫉妒、委屈、崇拜、不屑、渴望、沮喪……

各種負面情緒逐漸堆疊成憤怒與憎惡，直到失控的那天。於是鋌而走險，走上最極端也最無法收拾的地步。

然而這樣的結果，你無法完全怪罪給傳播這樣資訊的媒體。畢竟媒體也不過是以營利為目標的商人，自然是哪裡有聳動的新聞，鏡頭就往哪裡切換。

報導簡樸生活或者勤做公益的有錢人的收視率，永遠比不上開超跑撞死貧寒打工學生的新聞。

又或者明明理智上大家都可以理解，一個人的出身跟他的品行並沒有絕對必然的關係，但是在別人身上貼標籤，做出人與人之間的區別也確實是最容易的方式。

就像交通意外事故雖然天天都在發生，如果認真以大數據去分析，那麼平價車的肇事比例絕對數倍於超級跑車的肇事率。

但是數據一旦經過人為篩選並貼上抓人眼球的標題之後，就會成為「超級跑車車主意外肇事，撞死人不賠錢」的新聞。

接著網路上就會興起一片叫罵，指謫有錢的那方憑什麼不做賠償。卻忘了在鏡頭之外，開快車或者酒駕導致自己意外身亡的「殺人凶手」，可能是握著平價車方向盤的那方。

真實情況是怎樣？不論媒體還是群眾都沒人在乎——人們向來只看自己希望看到的東西。

無奈的是就算知道這些事情，眾人仍對此毫無抵抗能力。

摩托車的引擎聲從窗外響起，黃以苓敏銳地跑到門邊，等待插入鑰匙轉開門鎖後露出臉龐的姊姊。

「我回來了，沒事吧？」

少女提著便利商店的塑膠袋，從外面走入屋內的人，頂著凌亂的頭髮拍拍妹妹的臉頰。

黃以苓指著臉色蒼白的人，擔心地說：「姊，他好像發燒了。」

「沒關係，我來處理，妳先去吃東西。」

「好。」

女孩乖巧地點點頭，拎著塑膠袋坐回方才看書的椅子，從裡面拿出熱騰騰的食物，開心地吃了起來。

「怎麼了？臉色挺難看的。」

圍著圍巾的少女不疾不徐地走到江皓辰的面前，俯視他布滿熱汗的額頭，然後瞇起眼睛問。

「誰知道？大概是吃太多難吃到爆的東西吧？」

江皓辰不想在這個人面前示弱，於是打起精神將嘴賤功力發揮到極致。

「哼！還有精神開玩笑，那就死不了。」

輕輕挑起的嘴角，露出旁觀者的冷笑。

「是死不了，不過我會努力把感冒病毒傳染給妳們。」

「你以為我們和你一樣，是養在溫室裡的小少爺嗎？這點小感冒算什麼？我高燒到三十七度照樣去上班。」

「三十七度？都病成這樣了為什麼不請假？」

沙啞的喉嚨，發出詫異的聲音。

「請假？哈！」

對方彷彿聽見最最粗糙的笑話，張著嘴鄙笑著。

「你知道現在的工作環境非常惡劣嗎？只要稍微請個假，接下來也不必去上班了。啊，也對……小少爺肯定沒遇過這種爛事，不知道拖著隨時會在下一秒鐘昏倒在地上、卻只能假裝沒事而繼續工作的痛苦吧！」

工作不是妳自己選擇的嗎？那還抱怨什麼？

嘖，好想反駁，可惜身體有夠難受，腦袋也暈得可以，這樣下去絕對會因為情緒失控跟這傢伙槓上。偏偏身為肉票的他，並不具有足以跟對方鬧翻的本錢，所以還是安分點別幹蠢事，否則一刀子捅進心臟，那就真的做鬼都別想離開這個破爛的廢棄空屋。

於是，江皓辰甩了甩越來越暈的腦袋轉換話題，問起關於贖金的事情。

「喂！我爸付錢了嗎？」

「拿到錢我還留著你幹什麼？你以為我很喜歡綁著你嗎？」

鄙夷的眼神，不客氣地掃在江皓辰的身上。

爸、媽，拜託你們趕快付錢吧！

好想趕快離開這個糟糕的鬼地方，回到溫暖又安全的家。他真的很想繼續支撐下去，可是……好累……

真的好累……

「有時間胡思亂想不如省點力氣休息，我可沒錢帶你去看醫生。」

「真是謝謝提醒喔！」

扔回這句反諷的話後，已經累到開始張嘴呼吸的江皓辰把兩條腿平貼在水泥地上，然後將身體向後傾斜讓牆壁分擔自己的重量。幾天下來他發現這個姿勢比較舒服，只是手腳依舊被綁著無法獲得真正的休息。

「姊，這些都可以吃嗎？」

「對，我已經吃過了，所以妳盡量吃。」

黃以芩指著塑膠袋裡除了便當以外，還有鬆軟可口的麵包、一包就要八十多塊的昂貴餅乾，以及用紙碗盛裝、冒著熱騰騰白煙的關東煮，開心地問。

「喂，不分我吃就算了，吃這麼香也太不公平了吧！」

撲鼻的香氣讓江皓辰猛流口水，於是喘著氣，想用詼諧的對話讓不舒服的身體得到放鬆的空間。

「……」

女孩轉頭看著姊姊，像是在徵詢她該怎麼辦。

「不公平？」

沒想到前一刻還和妹妹溫柔說話的人，突然間像是被踩到尾巴的貓咪，不單是眼神，就連聲音也變得尖銳。

「當你在享受豪華美食，我們卻只能天天吃泡麵跟饅頭，還得看別人的臉色去借錢才能買食物活下去的時候，難道就公平了？」

「妳到底想怎樣？」

虛弱的身體，累得不想理會這樣鬼打牆似的無理取鬧。

「我想怎樣？我只是說出事實而已。」

「夠了！」

最後一份耐心，被尖銳的高音徹底消磨。

江皓辰再也控制不住煩躁的情緒，衝著對方大吼。

「對！我就是住在兩百坪的豪宅、每天早上都用紅酒漱口、有幾十個女僕還有一搖鈴鐺就會跑來伺候我的管家、想吃什麼就有五星級大廚負責料理、如果不好吃還會摔盤子砸杯子耍少爺脾氣、連去五分鐘距離的便利商店也是腳不落地由司機專車接送、買名牌包名牌手錶就跟買地攤貨一樣，出門隨便穿穿，身上的行頭都要幾十萬幾百萬，全都是妳們這些窮鬼想過卻過不上的奢華生活。

我這樣說，妳──滿、意、了、嗎？」

少女看著態度和之前截然不同的江皓辰，一時間愣到忘了要做出反駁。

「妳根本不了解我，妳對『我』的認知完全來自淺薄可憐的想像，妳知道我過的是怎樣的生活嗎？妳、一、點、都、不、知、道！

既然統統都不知道，憑什麼對我大吼大叫？憑什麼把自己是失敗者的怒氣發洩在我的身上？」

少女目露凶光，霍然起身：「我不了解你？那你呢？你又了解我了嗎？我父親被追債的時候、我母親自殺的時候、我被工作上的同事歧視羞辱的時候，你又知道了嗎？

所以說你們這種人真的噁心死了，明明沒付出努力憑什麼享受無憂無慮的生活？憑什麼數落我的人生？憑什麼瞧不起我做過的努力？

反正這些統統不關你的事，你根本就不在意，不是嗎？」

「妳遭遇到怎樣的事情關我屁事？又不是我的錯！」

媽的！管他會不會被這個暴力犯罪者拿刀捅死在這裡，這口氣他就是嚥不下去。

「也不是我的錯啊！」

砰！怒氣飆升到頂點的拳頭，重重落在江皓辰腦袋旁邊的牆面。

凶惡怒斥的聲音在下一秒被哽咽取代，明明眼眶中打轉著淚水，卻倔強地不肯示弱流下。

「為什麼？為什麼我不能像你一樣無憂無慮？不能像你一樣不必為下一餐在哪而辛苦工作？為什麼我他媽的不能像你一樣有錢？像你一樣不被人欺負？

這樣的話，爸爸就不會拋下我們；這樣的話，媽媽就不會死；妹妹就可以去她想去的地方，吃她喜歡吃的東西；而我也不用遭遇那些骯髒、讓人噁心、會被所有人瞧不起的事情。

江皓辰你告訴我為什麼！為什麼我不是你！你告訴我！你告訴我啊！」

少女抓著江皓辰的肩膀猛力搖晃，激動控訴。

「因為這個世界……原本就不公平……」

看著她眼裡的瘋狂，喃喃重複對方曾經說過的話。

少女先是用力睜開雙眼，啞口無言地看著江皓辰身上的藏青色風衣，即使因為連日來沒有洗澡更換而顯得骯髒，卻仍掩蓋不了它是一件昂貴服飾的質地與設計感。

收回捶打在牆面上的拳頭，羨慕碰觸這件她一輩子都無法穿上的風衣，碰觸著即使鼓起勇氣走進販售這件衣服的店面，也只敢用眼睛欣賞而不敢亂摸的風衣。

然後恢復慣有的嘲諷與冷笑，用手按壓著膝蓋從地上站了起來，轉過身背對著靠坐在牆邊的少年，重複他剛才說過的話。

「沒錯，這個世界原本就不公平。所以你最好乖乖閉嘴，我不屑揍一個病到快死的傢伙。」

維繫著最後一分尊嚴，少女挺直了腰，倨傲地走向緊閉的鐵門，打開了門，離開幾秒鐘前充滿爭執與衝突的空間。

「呼……呼哈……騙……騙子……」

渾身滾燙的人，在迷迷糊糊間感覺有一隻冰冷的手貼上自己的額頭，然後用極小的聲音擔心地說。

「姊，他的額頭好燙，不會死掉吧？」

「哼，人類才沒有那麼容易死。」

關心與冷漠，兩種極端溫度的對話，彷彿從很遙遠的地方傳來。

無法連貫的破碎思緒，浮現著曾經發生的片段……

『媽媽有事情出去一下，錢給你，晚餐就自己吃。如果爸爸打電話回來就說我去上課，知道嗎？』

『知道。』

夢中的自己就像照著劇本出演的演員，完美詮釋母親心目中對「乖孩子」的定義。

然而，在他的心底，卻用看透事實的冷笑，重複著另一種回答。

說謊的騙子……說謊的，騙子……另一個男人是誰？

夢中的江皓辰脫下鞋子仰躺在沙發，看著天花板上倒吊著皇冠造型，採用施華洛世奇的白色水晶所打造，一盞要價三十多萬的水晶吊燈。

感受著偌大的客廳中，除了自己的呼吸與移動身體時衣服和沙發皮革摩擦出的聲音以外，就再也沒有任何動靜，空空蕩蕩的屋子。

這個家，太大。大得，讓人孤單，讓人害怕。

「爸……媽……你們為什麼不要我……為什麼……」

細碎的呢喃，跳針般重複著同一句話。

少女皺著眉毛咬了咬自己的嘴唇，把用自來水浸溼拿來降低體溫的毛巾交給妹妹，然後吩咐：「以苓，妳幫我看著他，我出去一下。」

「姊？姊妳要去哪？姊？」

甩頭就走的女孩沒有給予任何回答，逕自打開鐵門離開安置肉票的地方。

側著臉仰躺在地上的江皓辰，撐起最後一絲力氣勉強睜開眼皮，透過眼皮間窄窄的縫隙，看著踩在水泥地面的鞋跟逐漸消失在緩緩關閉的鐵門外。

然後失去意識，沉入充滿謊言與背叛的夢鄉。

幾小時後，站在窗邊的少女吸了口叼在嘴裡的香菸，讓濃烈嗆鼻的菸草味瀰漫在整個鼻腔。

伸進外套口袋的手，猶豫碰觸著裡面的紙盒包裝，不明白自己為什麼會特地離開這裡，冒著被警方發現甚至捉拿的危險，只為了去買這包感冒藥？

不！她不應該在乎這傢伙的死活，甚至在拿到贖金後就不需要讓他活著離開。

然而直到現在才終於發現，原來要奪走另一個人的性命竟然這麼困難。

當「江皓辰」不再只是與自己毫無關係的陌生人，不再只是用來換取錢財的工具，而是身上也有著某些故事、會對她吐槽咆哮、會和妹妹聊天說話，甚至會在作夢時流出眼淚恐懼顫抖，活生生的一個「人」的時候。

比起讓江皓辰慘死在這個廢棄的空屋，或許她更希望選擇另一種方式，作為這樁犯罪的結束。

「呼——」

又吐了口白色的煙圈，捏著因為過度緊繃而十分疲累的手臂肌肉，這幾天她幾乎沒能好好睡覺，全靠著香菸中的尼古丁在支撐。

但，也快到了極限。

「以好，再撐一下！再撐一下子就好！」

壓抑的低音小小聲地給自己打氣，如同父母親紛紛從她的生命中消失之後，她都一直這麼鼓勵並支撐著自己。

為了過上理想的生活、為了唯一的妹妹，為了許多許多想做的事情、想達成的心願，她絕對要撐到拿到贖金的那天。

絕對！

隔天

頭，好痛。

隔著眼瞼仍能感受到刺眼的陽光，江皓辰緩緩睜開眼睛，看著被玻璃窗切割成長方形的天空。

昨晚究竟發生了什麼，其實大部分的片段都已被大腦遺忘，唯獨最不想記得的——關於母親的回憶——卻該死地印象清晰。

忽冷忽熱的身體幾乎使不上力，腦袋呈現酒醉後的宿醉，暈眩得讓人想吐。

拿下蓋在額頭處的毛巾，原本用來降溫的工具早已被煨成趨近於三十六度的體溫，溼漉漉的有些噁心。

「咦？」

突然發現緊緊綁在手腕上的童軍繩居然完全消失，只剩下醜陋的紅色勒痕，足以證明可憐的雙手曾經遭受過不舒服的待遇。

江皓辰不敢相信自己的眼睛，轉了轉重獲自由的手腕，舒展終於能大大敞開的臂膀，正想順便解開腳踝處的繩結，就被一道冰冷的聲音阻止。

「別動！敢碰腳上的繩子就把你的兩隻手也綁回去！」

靠在窗邊的少女，環抱胸前的左手指尖、握著能與外界聯繫的手機，緊緊盯著他的一舉一動。

江皓辰擠出虛弱的笑容，試探詢問：「早安，昨天是妳照顧我的？」

「少囉唆。」

回答的口氣雖然還是那麼地凶，卻少了充滿戒備的防心。

「看不出來妳這麼關心我。」

「閉嘴！」

少女踩著靴子踏在凹凸不平的水泥地面，發出喀喀喀的回音，大步走到另一個人的面前，居高臨下地俯視對方。

江皓辰彎起嘴角，誠摯地表達感謝：「謝謝妳。」

其實隱約記得有個人在下半夜的時候抬高了自己的脖子，不但餵他吃藥，還怕他被藥片噎死，笨手笨腳地灌了他好幾口礦泉水，然後才吁了口氣，回到靠在窗邊的椅子。

已經很久、很久，很久沒被別人這樣關心過了。

「要道謝不如叫你爸把錢吐出來比較實在，來，拿去。」

少女瞪著眼睛愣了幾秒，然後把麵包跟罐裝沙士放到江皓辰的腳邊，語氣溫柔地說。

「給我的？」

「不給你還能給誰？」

有點被過於柔和的語氣嚇到的人，拉開罐裝沙士的拉環，喝了口充滿氣泡的液體後皺了皺鼻子和眉頭。

唔，好甜！

不過連續吃了幾餐的餅乾跟饅頭，能更換不同的口味還挺不賴的。

「咦？」

握著鋁罐飲料的手，把印著ＬＯＧＯ字樣的地方轉到眼睛的正前方。

居然是加鹽沙士？偏方中專治喉嚨痛的那種？

難道把飲料突然從礦泉水換成沙士的理由，是因為擔心感冒發燒的他？

「咦什麼？快點把東西吃完然後吃藥，別妄想我會照顧你。」

少女把自己從外面買回來的成藥，扔到江皓辰手指可以碰觸到的地方，在猶豫了幾秒鐘後露出淡淡的笑容，說。

「別擔心，等我拿到錢後，就會讓你平安地離開這裡。」

江皓辰瞪大眼睛詫異地看著對方的臉龐，像是在看一件十分稀罕的東西。

「你在看什麼？」

「沒、沒看沒看，我什麼都沒看到。」

「神經病！」

無端挨罵的少年心虛地俯下他的臉，視線卻無意識地停在手中的鋁罐，扯起一絲不同於以往的笑容。

傍晚

「還真多口味，今天怎麼會買這麼多麵包？」

江皓辰看著被少女扔在地上，裝著各種麵包的塑膠袋，訝異看著裡面遠遠超過三個人的分量，以及沒有重複的口味。

對於一個已經啃了好幾天營養口糧和硬得要死的白饅頭的苦逼肉票來說，這些麵包活脫脫就是米其林三星級的豪華大餐。

於是挑了個青蔥肉鬆口味的麵包，享受睽違已久、味蕾被充分滿足的時光。

「從麵包店的垃圾袋裡撿來的，反正就算不吃也是倒掉。這些混帳，寧可把食物倒掉也不送給需要的人。你知道他們是怎麼說的嗎？說如果把吃不完的東西送人，原本的客人就不會想去店裡消費。」

少女的眼裡，充滿對這些店家的敵意與輕視。

江皓辰一邊咀嚼著鬆軟的麵包，一邊聳了聳肩膀：「其實也不是沒有道理啦！畢竟要建立商譽很難，可是要毀掉它卻非常容易，所以堅守商品的品質也是人之常情。」

就像之前頻繁出現的食安事件，知名的廠商不也是寧可全面性下架銷毀，也不願意繼續販售其中一部分毫無汙染疑慮的商品。

「人、之、常、情？所以你的意思是商譽比人命還重要？即使看著別人餓死，也不能把快要過期的食物分送給有需要的人嗎？這就是你所謂的人之常情？」

質問的聲音突然間變得尖銳，少女憤怒直視著江皓辰的臉，似乎又回到最初相遇的模樣。

「對！人、之、常、情！因為不這麼做的話公司可能面臨倒閉的危機，難道妳希望看見員工統統被裁員，拿不到薪水、養不活家人的慘況嗎？妳覺得這樣的結果會更好嗎？再說，就算妳不認同又怎樣？店家想採取什麼樣的經營模式那也是他們的自由跟選擇，妳能不能別一提到這種話題就像被戳到痛處的刺蝟，只會一味地批評、諷刺或是辱罵？」

江皓辰皺起眉頭，看著只要一提到階級差距或者認知差距，就會立刻變得難以溝通，並且渾身充滿尖銳仇視的人。

「自由？哈！開什麼玩笑？我怎麼從來都不覺得我有機會選擇？無論是從小就得打工還債？還是因為學歷不好被別人歧視霸凌？」

江皓辰的嘴巴張得很大，舌頭和牙齒上還殘留著來不及吞下肚子的麵包團塊和咖啡色的肉鬆碎屑。

看著眼前的這個人，忍不住想起耳邊常聽見的話……

『只要努力，就有機會。』

『有實力的人，總能被看見。』

『這是個人人生而平等，沒有任何階級存在的世界。』

卻忘了說出後半句的真話，忘了耳提面命每一個曾經對上面的鼓勵深信不疑的人們。

只要努力就有機會，是的。

但如果你的經濟條件疲弱，所謂的「機會」只有正常人的一半。

有實力的人總能被看見，沒錯。

卻沒說貧窮線下的家庭光是要賺到換取食物的金錢就已經用盡力氣，根本沒有額外的時間與力氣，去儲備被人看見的「實力」。

這是個人人生而平等，沒有任何階級存在的世界，表面上的確如此。

然而在表面之下，不平等，才是真正的「平等」。

「哼！」

少女見江皓辰遲遲沒有反應，也就撇開了臉不願繼續剛才的話題。

深夜

負責對外聯繫的少女不知道為了什麼原因，在接了通電話後匆匆離開隱身在廢棄建築物內的空房間，只留下黃以苓和江皓辰兩個人。

「那個……我問你喔……」

「幹麼？」

江皓辰虛弱地抬起垂在膝蓋之間的腦袋，看著跪坐在粗糙地板上，用指尖戳了戳他的手臂的黃以苓。在身體很不舒服的狀態下，回應的口氣自然也好不到哪兒去。

「你是不是很討厭以好姊姊？」

疲累的眼神，自嘲地看著眼前的女孩。

唷，如果這是RPG遊戲，那他是不是又拿到一條線索了呀？

原來那個暴力的綁架犯叫黃以ㄩˊ啊？雖然可以從以苓的名字推測出中間那個字

也是以為的「以」，不過最後一個字就不確定了，到底是死魚眼的「魚」？還是愚蠢的「愚」？

「噗哈哈哈哈！」

越想越覺得有趣，忍不住笑了出來，被另一個人用疑惑的眼神歪著脖子看著自己。

「你笑什麼？我在問你問題呢！」

發現對方走神到根本沒把自己的問題聽進去，黃以苓嘟著嘴巴不開心地說。

「抱歉抱歉，不過妳姊姊叫『以ㄩˊ』，是哪兩個字啊？」

黃以苓一邊用手指頭在空氣中書寫，一邊解釋：「以為的以，好是女字旁，右邊一個給予的予。」

「喔，原來是那個『黃以妤』啊！懂了懂了，喔對，妳剛才要問我什麼？」

「我問你，你是不是很討厭以妤姊姊？」

脾氣很好的人，並沒有因為第二次重複相同的問題而動怒，依舊用甜甜的聲音的詢問。

「我被她搞成這樣，還被關在這裡限制所有自由，妳自己說，我能『喜歡』她嗎？」

江皓辰忍不住翻了個白眼，伸出雙手，讓對方看清楚自己被童軍繩勒出一條條勒痕的手腕。

「也對，換做是我也不會喜歡。」

拉長的聲音，透著遺憾的情緒，然後用左手捉著右手的手腕，怯怯地說著。

「可是姊姊她，真的不是壞人。

她已經很努力很努力地賺錢，可是我們欠人家的錢還是很多很多，但這明明就不是姊姊的錯，也、也不是我的錯……」

最後一句話，微弱地連靠得極近的江皓辰也沒能聽得清楚。他壓低聲音，用只有彼此能聽見的音量，認真地說。

「以苓，我也有一個問題想問妳，趁妳姊不在，我們說點悄悄話好嗎？」

「嗯，好，我不會告訴姊姊我們說了什麼，你問吧！」

透過這幾天的相處，她知道這個哥哥不是壞人，至少不是姊姊以前說的，那種有錢的壞人。

「妳們家，到底發生了什麼？」

否則不可能讓兩個只有十九歲和十五歲的女兒成為綁架犯，而黃以好也不該有那種看盡人性黑暗的冰冷目光。

黃以苓抓握在右手手腕處的左掌，無意識地收攏指尖的力量。她盯著對方的臉看了許久，也不斷吸氣吐氣地猶豫了許久後，決定開口。

「其實，以前……以前我們的家，很好很好……」

好不容易才從口中說出的話，在停頓了幾秒鐘後繼續說道。

「爸爸很好、媽媽很好，姊姊也不是現在這個樣子。那個時候的我們雖然很窮，但是很幸福，很……幸福……」

然而在幸福這組詞句之後，江皓辰聽見的，卻是一個逐漸破碎甚至崩潰的故事。

十二年前，黃以妤和黃以苓有爸爸，也有媽媽。

雖然家裡的經濟狀況並不富裕，卻也不至於無法生活，只要節省一點就能用爸爸賺來的錢過上開心的小日子。

每到晚上，她們最喜歡做的事就是和媽媽躺在同一張床上，聽媽媽拿著童話書說著各種好聽的故事。

爸爸總會坐在窗戶旁邊，一邊抽著飄出淡淡菸草味的香菸，一邊微笑看著發出開心笑聲的家人。所以後來的姊姊，也開始抽起和父親同款牌子的香菸。

雖然有時候，父親會因為工作煩躁或心情不好而動手毆打媽媽和她們；但是在情緒的風暴過去之後，爸爸會抱著她們哭著懺悔，哭著道歉。

而無論媽媽、姊姊，還是幼小的她，也總是以溫暖的擁抱回抱她們最愛的爸爸，說爸爸沒關係，爸爸別哭，受傷的地方早就不痛了。

但是十二年前的某個晚上，爸爸卻突然從家裡消失。

沒有人知道他去了哪裡？

又為什麼要扔下她們，離開平凡卻幸福的家？

直到凶惡的債主拿著棍棒敲打住家外的鐵門，向母親追討天文數字般的債務後，她們才終於明白，原來父親在外面與人合夥開設公司，卻因為經營不善欠下大批債務。

公司，倒閉收場。

那些找不到父親的債主，卻找上了無法搬離住處的——媽媽、姊姊，和她。

於是鐵門被重物敲擊的巨響，成了從那天起揮之不去的噩夢。

那一年，姊姊七歲；而她，只有三歲。

懵懂的年紀，只記得不斷哭泣的母親，還有每當母親衝過來想掐死自己的時候，流著眼淚拚命擋在身前阻攔的姊姊。

至於其他的細節，是她逐漸長大之後才從姊姊的口中得知。

當時，她和姊姊都以為最悲慘的日子也不過就這樣，不可能再慘了。

卻不曉得厄運永遠不只一樁，伴隨不幸而來的絕不是幸運，而是更多的不幸。

三年後，姊姊十歲；而她，已經六歲。

小學一年級的孩子有很多不懂的事情，卻也懂得許多。

比如她知道，媽媽的精神狀況越來越不好，家裡卻沒有多餘的錢可以讓媽媽治病；比如她知道，媽媽是恨爸爸的，所以才會對肖似父親的自己充滿敵意，雖然在不發病的時候，還是會抱抱她親親她，說寶貝啊媽咪好愛好愛妳；也知道精神狀態完全崩潰的媽媽，最後是吞了大量的安眠藥自殺。

之後，她們被媽媽從前在麵包店工作的領班王姊收留照料。

王姊對她們很好，就像第二個母親。

不但隨時關心她們有沒有足夠的錢吃飯，還把姊姊帶去店裡打工，教她如何結帳和服務客人。

十二年的義務教育，讓姊姊勉強用低廉的學費受到最基礎的教育，但是打工賺來的錢卻只夠平日的開銷，以及支付自己就讀小學的費用。
所以姊姊放棄升學，在普遍學歷至少都有高職以上的這個年代，罕見地只有國中畢業的文憑。
明明很有能力也不在乎吃苦，偏偏面試應徵者的人一見到姊姊只有國中學歷，就直接搖頭說不錄用，連讓她試試看的機會也不給。
最後，只能屈就於不需要任何文憑，憑藉勞力就能換取薪資的粗重工作。
但，除了生活上的開銷，她們還得償還父親欠下的龐大債務。
於是在債主們的遊說下，姊姊放棄原本重勞動的清潔工作，穿起不符合年紀的高跟鞋，抹上能遮掩稚嫩臉龐的化妝品，走進屬於成人的世界，靠著陪客人喝酒被客人亂摸，賺取極為優渥的時薪。
然而真正交付到姊姊手上的薪水，卻只有實際賺到的十分之一，甚至更低。
債主們的理由，是其餘的得拿去支付父親的債務。
幾個月後，姊姊受不了酒店的工作，找了份正當的職業，可是這個社會普遍存在的偏見與歧視，在知道姊姊曾經的經歷後，浮出醜陋的嘴臉。

被性騷擾、被毆打，甚至差點被公司的長官強暴……

那些「高高在上」的大人，根本並不把她們當作是真正的「人」在對待，甚至在撕開她們身上的衣服和褲子的時候，都不曾想過自己的親生女兒，其實是和她們差不多年紀。

「──」

江皓辰看著終於把故事說到結尾的女孩，表情木然。

就像網路上頻繁使用的那句話──

真實的人生，永遠比電影的情節還更誇張。因為劇本需要符合邏輯，而人生，卻無範例可循。

也終於明白，那個曾經抱著膝蓋縮在牆角瑟瑟發抖的女孩，就是將自己抓來這裡的綁架犯——

黃、以、妤！

夜光

A light in the dark

第四章　理由

「終於。」

少女放下手機，鬆開緊蹙的眉頭，吐出壓抑在肺葉中的二氧化碳。

「終於什麼？」

發燒的狀況已經稍微退去，也許是雙手終於能重獲自由，總會無意識地舒展手臂，或用手指揉捏因為長時間維持同樣姿勢，而有些血液不循環的兩條腿。

「談好了，你爸明天支付贖金。」

「黃以妤，妳說的是真的還是假的？」

「……我欺騙你能有什麼好處？」

被喊出真實姓名的少女先是詫異一愣，隨即用戒備的眼神瞪著對方難以置信的表情。

「哼，別以為從以苓口中知道我的名字就能掌握什麼優勢，甚至離開這裡。」

果然不該讓心思單純的妹妹來看管這個傢伙，要不是以苓說溜嘴，否則他怎麼可能知道自己的名字。

「我、我可沒這麼想。」

迅速從少女臉上移開的視線，透著祕密被察覺的心虛。

「那就好。」黃以妤點點頭，接著方才的對話，說：「喂，聽到你爸明天要付贖金的消息，至少露出點開心的樣子吧，是不是因為發燒把腦子燒壞了，所以連我剛才說的話也沒聽懂啊？」

「開心，當然開心，我有說我不開心嗎？咿——」

江皓辰用手勾著兩邊的嘴角，扯出誇張的笑臉做為回應。

隱藏在笑容背後的，是不斷在矛盾間來回擺盪的心情。

他也期待爸媽會和別人的父母一樣，只要能換回孩子平安回家，無論付出多少代價都在所不惜；只可惜自己也清楚所謂的「家人」，早就破碎得只剩下身分證上的關係。

「嘶——」

江皓辰突然用兩手狠狠掐著自己的頭部，五官扭曲發出痛苦的抽氣聲。

可惡！

他的頭，好痛！

窗臺邊，黃以好靠著窗戶旁的牆壁，困惑地說：「不過你媽也真奇怪，明明人就在臺灣，卻連兒子被綁架這麼多天都不出面。」

「唷，這麼關心我家裡的狀況？是喜歡我嗎？」

劇烈的疼痛就像一閃而過的閃電，來得快也去得快，掐著腦袋的十根指頭也一根接著一根鬆開。

江皓辰垂著臉大口大口喘著熱氣，嘴賤地扔出挑釁的字句。

黃以好朝少年頭頂上冷冷瞥了一眼，回答：「只是好奇，就連上頭都說不必跟你媽聯絡。」

上頭？

看著水泥地面的眼睛，因為又一個意外得到的線索而瞇成一條狹窄的縫隙。

果然，在這對姊妹的背後還隱藏著真正的黑手。

按照黃以好最近頻繁使用手機聯絡不知名人士的情況看來，她們在這樁綁架案中也不過是聽命行事的棋子。

「那女人該不會是後母，或是你爸外遇的對象吧？」

見對方遲遲沒有反應，於是天馬行空地猜想，卻意外地接近事實。

「厲害，差不多都猜對，只不過對象相反而已。」

江皓辰抬起埋在膝蓋之間的腦袋，對著黃以好豎起大拇指說。

「什麼意思？」

「有外遇的人，是我媽。」

給出答案的語氣，平淡得像在陳述別人的故事。

其實在很小的時候，就知道母親和不同的「叔叔」關係親密，有時候還會因為要跟「叔叔」出去幾個禮拜都不回家，就連詢問幫傭的阿姨媽媽去了哪裡，也只得到支支吾吾的回答。

長大後也就懂了，幫傭的阿姨其實知道太太不在家裡的理由，卻無法對只有十幾歲的孩子坦白，說你媽和別的男人在外面亂搞。

「你爸還真是可憐被蒙在鼓裡，辛辛苦苦打拚賺錢卻只是幫別人養老婆。」

「他知道。」

意料之外的答案，讓少女吃驚地瞪直了雙眼。

「知道？既然知道為什麼不離婚？是因為原諒你媽？還是財產掌控在妻子手上？」

「誰知道呢？」江皓辰聳了聳肩膀，說：「反正他們愛怎樣都與我無關。」

說謊！

腦海中，有一個聲音駁斥著才剛出口的回答。

其實，他曾經質問過父親。

然而僅僅一次的質問，就讓他永遠也忘不了父親當時的表情。

從驚慌失措、錯愕、嘆氣，到最後露出只能用「釋然」兩個字去形容的情緒。

父親在嘆出長長的一口氣後，摸著他的臉龐平靜地說：

『皓辰，你誤會了，媽媽沒有外遇，知道嗎？』

之後，便不再說話。

甚至以工作忙碌為藉口。足足半年多不是住在飯店就是去國外出差，不給兒子任何提及這類話題的機會。

其實，他很想問問父親。

為什麼不離婚？為什麼裝作不知道？為什麼不相信他？

只可惜封鎖在彼此心中的不滿，成了父子之間的情感裂縫，隨著時間逐漸擴大，直至無法修補的程度。

黃以妤在一陣沉默之後，悄聲問道：「你爸……還愛她嗎？」

江皓辰把視線落回地上，沮喪地搖了搖頭：「我不知道。」

反正從那天後，他便刪除了母親的手機號碼，在升上高中後立刻搬出華麗的豪宅獨自居住。

除了必要節日時不得不聚在一起演戲給不知情的親戚或客戶們看，否則其餘時間他寧可窩在房間裡，和透過線上遊戲認識的朋友們組隊打怪，根本不想接觸所謂的家人！

「不過我後來懂了，我媽是故意讓我發現她的外遇。」

小時候看不明白的地方，等想法更為成熟後再重新檢視，就會發現其中的不合理。

比如正常人在外遇的時候總會極力隱瞞自己的不忠，哪可能讓年僅十歲的兒子覺察。所以最終只會導向一種可能，就是母親原本就打算透過他的嘴巴，把整件事情讓丈夫知曉。

是想逼丈夫離婚？

還是試探丈夫對自己的情感？

無論哪個才是母親之所以這麼做的理由，他只知道八點檔每當演到外遇戲碼時總會出現的劇烈爭吵和質問，都不曾在他們家的屋簷底下出現。

就像平靜的海面，以波瀾不興的表層掩飾下方洶湧翻滾的暗潮。

「會不會是你媽想拿贍養費，所以才故意讓你爸知道她有外遇？」

「拜託，要拿贍養費哪可能明目張膽地去外遇，這樣的話就算上了法院也拿不到錢。」

「是嗎？」

面對江皓辰的吐槽，黃以好難得地沒有以激動的情緒反駁，甚至努力尋找能夠解釋的理由。

「別想了，妳再怎麼想都不會有答案，反正他們維持這樣的假面夫妻已經好幾年了。

小的時候還會瞞著我，後來連做樣子都省了。我爸前腳出國，我媽後腳就跟別的男人出去過夜，等老爸回來後再繼續扮演好老婆和好媽媽的角色，就像什麼事情也沒發生過一樣。」

宛如登臺做戲的演員詮釋著劇本上的角色、說著劇本上的臺詞，淋漓盡致地演繹著讓觀眾羨慕嫉妒的勝利組人生。

你，是出差養家的好爸爸；妳，是溫柔美麗的好媽媽；而江皓辰，是乖乖上課認真學習的好兒子。

誰都不說破，誰也不拆穿。

有時候連自己都覺得眼前的畫面真美，彷彿他真的擁有一對疼愛孩子的父親和母親。

「其實有的時候我會想，如果我爸的公司沒有那麼大，如果我家沒有那麼多錢，是不是就不會變成現在這副模樣？」

「小少爺，你已經夠幸福了。」

江皓辰詫異地看著對方的表情，與之前的敵意或嘲諷不同，看得出來黃以好是認真看待自己的事情，所以愣怔著不知該做何反應。

以前，他從不與任何人提起自己的家，因為他心裡清楚就算說了又怎樣？不僅不會有任何幫助，甚至還得聽見無關痛癢的回答。

『真的假的？』

『怎麼會這樣啊？』

『你好可憐。』

『好辛苦喔你。』

『你爸媽怎麼可以這樣？』

不想成為別人茶餘飯後的八卦主角，就像網民談論著另一個地方的天災人禍，雖然嘴巴很有同情心地說「好可怕好危險」、「願主與你同在」、「R.I.P.」，卻始終只是事不關己隔岸觀火。

除了自我感覺良好地昭告天下「天哪我真善良」、「我好棒棒」以外，對於在遠處遭受苦難的那些人，根本沒有半點實質上的幫助。

「其實，我們都在逃避……」

瞪大的雙眼，在另一個人的眼中，看見自己的倒影。

他的確在逃避，逃避解決家裡的問題，選擇用嘴賤與不在乎的態度隱藏受傷的「江皓辰」。

但其實，怎麼可能毫不介意？

怎麼可能不希望舞臺上光鮮亮麗的演出，也能成為舞臺下方的真實？

「等明天拿到錢後，我們就不必再見面了。」

「嗯。」

在一陣的沉默後，黃以好率先嘆了口氣，說出了這句話，然後走回窗邊點起以藍色紙盒包裝的香菸，讓淡淡的菸草味緩緩滲透在空氣之中。

『倘若人的一生註定悲劇，那麼活著的意義就是為了奇蹟降臨。』

從嘴巴呼出的熱氣化成一縷又一縷的白煙，玻璃窗外的月亮在這個晚上似乎變得特別明亮。

腦海中突然閃過這句話，也忘了是在哪本書中，又或者哪部電視影集中看過。

如果鋪陳臺詞的劇作家沒有說謊，那麼就算一次也好。

希望，奇蹟降臨。

希望明天，一切順利。

凌晨三點，黃以好又一次地從噩夢中驚醒，裹著毛毯靠坐在鐵門旁，看著在牆角熟睡的江皓辰。

再幾個小時就結束了。

簡單的信念，支撐著早已超過負荷的身體。

這些年她想過無數次，會不會有一天，自己能把父親留下的債務全部償還？

而期盼中的這一天，即將到來。

「只要再過幾個小時就結束了。」

在閉上眼睛前，少女喃喃重複著這句話。

期盼著再次睜開眼睛醒來後，她將迎接一個嶄新的生活。

一個再也不用被債務壓得喘不過氣的人生！

夜光

A light in the dark

第五章　紙鶴

站在被黑暗籠罩，沒有任何邊界的空間，看著發出光源的「另一個世界」。光與暗之間，彷彿立著一面警匪片中可以辨識犯人卻不會被對方發現的特製玻璃。身處暗處的江皓辰就這麼看著「另一個世界」中，站在以施華洛世奇的白色水晶所打造，一盞要價三十多萬的水晶吊燈下的自己。

即使在夢裡，也能感受到瀰漫於客廳空氣中的諸多情緒，那是很久很久以前，某個放學的午後。

只有國小的「江皓辰」，被名為母親的女人緊緊擁抱，力道大得讓還是個孩子的他覺得有些難受。她蹲在地上一邊哭一邊說著抱歉，從眼角滾落的淚水沿著彼此相貼的臉龐溼潤了他的左頰。

為什麼要哭？

水晶燈下的自己，茫然看著情緒潰堤的母親，熟悉的面孔早已因為極度的失望以及長時間不曾近距離接觸，而顯得十分陌生。

明明背叛的人是妳、明明不要我們的人是妳，為什麼哭泣的人，還是妳？

沒有說出口的厭惡卡在吞嚥口水的喉嚨，只知道母親鬆開了摟在後背處的雙手，也鬆開了這輩子最後一次給予他的擁抱，哀傷地問。

『皓辰，你希望媽媽愛你嗎？』

挽起的頭髮、精緻的妝容、貼身的裙裝，以及從母親身上飄散的香水，都透露著她又要離開這個「家」的訊號。

『嗯。』

無論是站在光明面的江皓辰，還是站在黑暗中的江皓辰，都在這句話後同步地點了點頭。

母親彎起嘴角，露出消失很久的笑容，說。

『你爸追求我的時候，說他會愛我一輩子，所有的親朋好友都羨慕我嫁了個好丈夫，哪怕對方的年紀比我年長許多。

可是結婚後他的眼裡就只有工作，原本以為只要有了孩子，這個永遠缺少男主人的屋子就會成為圓滿而真正的家。

但我錯了，就算生了你，我依然持續著沒有任何情感交流，孤單面對一座大房子的寂寞。

皓辰，媽媽和你一樣，也希望有人來愛我，而不是像現在這樣被當成一尊木偶，一尊展示用的花瓶，只有在必須由夫妻共同出席的場合才會被我的丈夫從遺忘中拾起，打扮得漂漂亮亮送上舞臺，扮演一位好妻子與好母親應該有的模樣。

沒有情緒、沒有自我，只是丈夫和兒子的附屬品，然後將這樣的生活重複過上一輩子。』

『媽咪……』

母親的話中，有太多只有國小的他無法理解的詞彙，於是抬起小臉仰看能替他解釋的大人，輕輕喊著。

本想再次擁抱孩子的雙手，因為這句媽咪而滯留在半空，咬了咬塗抹口紅的唇瓣強迫自己站直身體，轉過身，背對從體內孕育出的生命說。

『皓辰，好好選擇你想要的人生，不要成為你的父親，也不要……成為另一個我……』

『……』

「江皓辰」似乎對著母親的背影講了些什麼，然而高跟鞋踩踏在大理石地板的腳步聲卻將他的說話聲完全掩蓋，直到所有的聲音逐漸淡去，直到透著光源的彼端也被無盡的黑暗滲透、蔓延，最後，取代。

從夢中驚醒的人，臉上一片溼熱。

記不起自己在最後究竟對母親說了些什麼，只知道堵在胸口的苦澀，缺氧得讓人難受。

抹去尚未乾涸的淚痕，睜眼看向窗外透入的白光。

聽著一種在固定時間才會出現的聲音。

應該是早上四點還是五點鐘吧？

沒有時鐘或手機的他只能像生活在古代的人，透過在不同時段離開棲息地、啁啾覓食的鳥鳴，判斷現在的時間。

「唔——」

少年坐直身體伸展筋骨，因為長時間固定姿勢而變得僵硬的關節，發出喀喀的抗議。瞇著眼打了個呵欠後，瞥見裹著毛毯靠坐在鐵門旁，不但把刀子橫放在大腿上還用手壓住，即使睡覺也保持適當警戒的黃以好。

是因為擔心肉票趁機逃跑，所以連躺下休息也不敢嗎？

這些天來，無論他怎麼想硬撐著比對方晚睡，最後的結果都是自己先一步地被周公老爺子喚入夢鄉。

不得不佩服這個人的體力，或者，是她的意志力。

江皓辰看著黃以好的五官。她……挺好看的……

長期營養不良的身體雖說比一般女孩子來得纖細，卻由於只能選擇重勞動工作的緣故，所以不會給人柔弱的感覺。

超過肩膀的頭髮因為沒有好好梳理，糾結得彷彿無人修剪的雜草，就像她說的，連飯都吃不飽了哪裡還有閒錢去美容院做頭髮？

但如果單看臉部的輪廓，再抹去總是掛在嘴角的嘲諷式冷笑，眼前的女孩其實並不難看。

「嗯……」

細長的眉毛，突然被皺起的眉頭牽扯出波浪狀的紋路，看樣子即使是在睡夢中，也無法得到真正的平靜與安寧。

江皓辰悄悄吸了口氣，繼續觀察黃以好的長相，似乎忘記眼前的人是這樁綁架案的主角，是沒有拿到贖金就可能殺他滅口的冷血罪犯。

「如果身分互換，她是不是就——」

拉長的語氣，透著強烈的惋惜與無奈。

就像馬克・吐溫的《乞丐王子》，明明擁有同樣長相的兩個少年，卻過著雲泥之別的生活。

一個，是愛德華王子；一個，是住在貧民窟常被繼父毆打的湯姆。

如果「江皓辰」和「黃以好」也能像小說中的主角對調彼此的環境，那麼眼前的女孩是不是就能避開走上不歸路的選擇？

然而⋯⋯

「世界本來就不公平。」

微弱的聲音，說著對方三番四次重複的話，宛如詛咒般殘忍卻真實的話。

乞丐與王子，終究只是本諷刺社會的小說；就像每個人的一生，都是場無法逆返的化學變化。

王子，不可能與貧民孩子交換身分；黃以妤，也不可能出生在不愁吃穿的江家。

雖然人生的化學式無法倒退歸零，但是意外交錯的命運之線卻還是在他的大腦中，扔下顛覆既定印象的震撼彈。

這段時間的相處，讓他再也無法像最初時那樣仇視這對姊妹，甚至佩服起她們對抗打擊的堅強。倘若今天被父親拋棄、看著母親自殺，遭遇充滿霸凌與歧視的工作環境的人是他，肯定早就高舉白旗向命運投降，結束這場絕望又絕望的人生。

「你幹什麼？」

前一刻還在熟睡的女孩，突然睜開雙眼看著正在打量自己的人，手指迅速抓住刀子的木柄，第一時間掌握能讓自己取得優勢的武器。

「沒、沒什麼。」

江皓辰心虛地挪開視線，打了個呵欠假裝舒展手臂。

「安分點，現在的我可沒有什麼耐心。你爸會在今天交付贖金，拿到錢後就會放你離開，所以別打什麼歪主意，除非你想死在這裡。」

江皓辰立刻收回向上高舉的手臂，手掌疊手掌地把嘴巴緊緊按住，用力搖頭。

「哼！」

靠坐在鐵門前的黃以妤，抖開保暖的毛毯重新披回身上。掌握凶器的手指依舊戒備地抓在木製的刀柄，然後闔上眼皮，繼續在約定拿取贖金的時間到來之前，讓身體獲得必要的休息。

壓住嘴巴的雙手，緩緩鬆開力道落回身體兩側。

內心的角落，似乎悄無聲息地點亮了一顆燈泡，在被黑暗籠罩的抽象空間亮起微弱的希望之光。

突然，樓梯間傳來清楚的腳步聲。

靠坐在鐵門前的黃以好扯去毛毯迅速站起，側著臉把耳朵貼在布滿黃色鐵鏽的金屬表面。

握在刀柄的左手微微顫抖，突起的第二指節將薄薄的皮膚頂出刀削般銳利的角度，足以致命的武器從原本緊貼的大腿外側被悄悄地高舉過頭，一旦鐵門從外面開啟，迎接訪客的就是直入胸膛的致命一刀。

緊張的汗水，從黃以好的額頭滾落。

喀！

喀！

喀！

聲音越來越近越來越近，最後靜止於綁架犯與被害人所在的樓層。

隔著一扇金屬門板的兩人似乎都在等待著什麼，無論是門外的訪客還是門內的女孩。宛如懸掛在兩層高樓間的繩索，在充滿死亡氣息的狀態下維繫著詭異的寧靜與沉默。

直到膽怯的聲音，透過鐵門傳進黃以好的耳中。

「姊……」

「呼……」

女孩這才吐出卡在肺葉中的那口氣，放下高舉著準備攻擊的左手，垂放回大腿外側，伸出右手轉開由內反鎖的門鎖，打開隔絕樓梯與犯案地點的鐵門，讓拎著塑膠袋的黃以苓走進屋內。

「真是的，妳想嚇死誰啊？」

「對不起。」

「算了，不是警察就好。我不是要妳別再過來，怎麼不聽話？難道外面發生了什麼事情？」

面對姊姊的責備，黃以苓不好意思地垂下了臉。

門外，老舊的紅色扶手與灰白斑駁的牆面，看不出任何能判斷出這棟建築物所在位置的明顯指示，就是一棟隨處可見的老舊公寓。

普通、平凡，也容易被所有人的目光忽略。

黃以苓搖了搖頭，回答對方的提問：「沒有。」

「那妳為什麼？」

「我想和姊姊在一起，不可以嗎？」

閃爍著怕被拒絕的怯懦，十五歲女孩仰著臉看著握有決定權的姊姊。

黃以好伸出手，緩緩梳理著黃以苓的頭髮。

雖然能理解妹妹的想法，可是現在的她要考慮的事情太多也太複雜，比如要如何避人耳目地拿到贖金、接下來該怎麼躲避警方的追緝；還有是否能藏起部分鈔票，做為當這樁綁架案落下定音之槌後，能讓以苓繼續活下去的費用。

「這是什麼？」

如同被黃以妤藏入心底的想法，握起拳頭的右手收進了大衣外側的口袋，然後換了個話題，問起對方提在手上的那只塑膠袋。

黃以苓的臉上，終於露出開心的笑容，說：「王姊要我拿來，說是昨天店裡剩下的，還要我跟妳說打工要注意身體，如果有什麼困難都可以和她說。」

「嗯。」

回應的聲音少了以往的強勢，顯得有些低落。

「王姊是誰？」

啪！

靠著牆壁坐在地板的江皓辰，才剛開口說了四個字，就被一包東西砸在臉上。

反射性接住從臉上滑下的那包東西，慶幸黃以妤扔過來的是柔軟蓬鬆的青蔥麵包，而不是硬到能當凶器的法國長棍麵包。

「就是姊姊之前打工的——」

看見這一幕的黃以苓忍不住偷笑，沒有多想地解釋起王姊和她們的關係，卻立刻被姊姊用警告的眼神制止還來不及出口的後半段對話。

「別想從她嘴裡套話。以苓妳也是，少跟他囉嗦。我出去一下，妳幫我看著這傢伙。」

黃以妤走到窗臺旁的桌子，拿起放在桌面的手機放入外套口袋，接著轉了個方向準備離開。

「姊，妳要出去？」

跟在姊姊後面，揪著袖子問。

「嗯，很快就回來，記住，絕對不能跟他提到，關於……」

最後幾個字，黃以妤把聲音壓得極低，貼著妹妹的耳朵，表情嚴肅地交代。

「好，我知道了，姊姊放心。」

被交付任務的黃以苓難得板直了臉，認認真真地點了點頭，做出承諾。

隨後，敞開的鐵門再次被緊緊關上，只剩下黃以苓和江皓辰兩個人。

被留下監視江皓辰的黃以芩，沒了之前成堆的書籍，取而代之的是各種顏色的色紙，方方正正十塊錢一包，只在小時候玩過的那種。

「妳在做什麼？」

原本靠坐在牆壁的江皓辰把身體往窗戶的方向傾斜，詢問坐在桌子旁邊，反覆同樣動作的另一個人。

「摺紙鶴。」

「紙鶴？」

黃以芩拿出一張黃色的色紙，幾個俐落的翻轉和對摺後，正方形的紙張就變成了紙鶴，然後和其他完成品一樣被堆放在桌面。

「對啊，只要摺到一定數量就能換錢。」

江皓辰點點頭，表示理解：「喔，原來是家庭代工。」

就是那種將縫紉或包裝等基本手工外包給家庭主婦，等到完成該批貨物後再論件計酬的賺錢方法，讓媽媽們既能兼顧家務又能利用零碎時間賺取家用。

就連講述產業發展的社會科課本也有提及，還說這樣的家庭代工創造了臺灣早年的經濟奇蹟。

黃以苓拿起草綠色的色紙，一邊持續手上的動作一邊解釋：「嗯，我也想說這樣的話，多少能賺到一點錢，幫姊姊早點還清家裡的債務。」

桌腳的附近散落著從桌面掉下的紙鶴，以各種奇怪的姿勢散落在凹凸不平的灰色水泥地面，有些被從窗戶透入的微風一吹，吹到了更遠的地方。

甚至，吹到江皓辰的腳邊。

「費用怎麼算？摺一隻能換多少錢啊？」

他捏著一隻黑色紙鶴的左邊翅膀，將歪倒在地上的紙鶴放到自己的掌心，好奇地問著專注在同樣動作的黃以苓。

「一千隻八百塊，急件的話會再多收一點。」

「什麼？一千隻才、才八百塊？」

捧著黑色紙鶴的手掌一抖，差點把能賣錢的商品摔回地上。

以前去五星級飯店吃一頓飯的錢，居然比人家辛辛苦苦摺出一千隻紙鶴的價碼還貴？

等等！

一千隻八百塊，一隻不到一元，就算一分鐘能摺出一隻，那也得十五至十六個小時才能完成，照這樣計算起來，這份工作的時薪還不到一百元，比去麥當勞兼差還差。

難怪她們只能走上犯罪的不歸路，因為如果背負的債務是幾百萬的話，就算這兩個人二十四小時不吃不喝不用睡覺地摺紙鶴賣錢，就算摺到變成百歲人瑞也不可能有還清的一天。

「以芩我問妳，妳們到底欠了人家多少錢？」

這個問題他早就想問，究竟是多麼龐大的數字才讓這對姊妹沒有別的選擇，只能成為別人的棋子，執行這場手法粗糙的犯罪。

然而黃以苓卻只是搖了搖頭，看著指尖剛完成三分之一的紙鶴沮喪地說：

「姊姊從來不告訴我，我只知道是我摺再多紙鶴也還不清的數字。除了這個以外，我不知道該怎麼幫姊姊的忙。」

瞬間，江皓辰想起「精衛填海」的故事。

這兩個相依為命的女孩，就像那紅爪白嘴、立志以石頭和樹枝填平大海的精衛鳥，堅定不移的意志固然感人，可惜最終的結局只是徒勞無功。

於是轉了個話題，提起關於紙鶴的傳說。

「以苓，妳知道什麼是『千紙鶴』嗎？」

「你說的是只要摺滿一千隻紙鶴，就能實現一個願望的那個傳說嗎？」

「原來妳知道啊！」

江皓辰挑高眉毛，用誇張的表情看著放下色紙，扭開礦泉水瓶蓋喝了幾口開水的黃以苓。

「騙人的……」

白色的瓶蓋沿著瓶口外側的螺旋狀紋路，將礦泉水重新回復到密封的狀態，然後冷冷地說。

「如果摺滿一千隻紙鶴就能實現願望，那麼我們都不必那麼辛苦。」

說話的語氣，驟降成宛如世界上最冷的人類居住地——西伯利亞的奧伊米雅康——攝氏零下六十七點七度的低溫，眼神中透出的失落，甚至有點黃以好那種憤世嫉俗的感覺。

江皓辰毫不介意被小了自己三歲的女孩狠狠地用殘酷的現實打臉，繼續說著：「如果可以許願，妳會想實現什麼？」

「又不會實現。」

黃以苓嘟著嘴，有點不耐煩地看著在這個問題上持續打轉的另一個人。

「所以說如果。」

「如果許下的願望真的可以實現，那麼我希望媽媽沒有死，姊姊能找到好的工作，還有——」

說話的聲音停頓了許久，坐在窗邊的人不由自主地將左手握上了右手的手腕，然後才用細微的聲音，說出她在摺滿第一個一千隻紙鶴後，許過的第一個願望。

「我希望，爸爸能夠回來。」

所以，她不相信千紙鶴的傳說，因為這個心願直至今日依舊落空。

所以，媽媽自殺。

所以，姊姊找不到穩定的工作。

所以，她必須摺出第二千隻、第三千隻、第四千隻……

數也數不清的色紙，數也數不清的紙鶴，才能換取八百塊的酬勞，換取她其實也明白少得可憐，對債務根本於事無補的報酬。

「喂喂喂，妳的願望也太多了吧？太貪心的話神明是不會聽見的唷！」

逗趣的口氣和誇張的表情，試圖打破凝結在空氣中的難過。

「噗哧，明明是你要我說的。」

黃以芩被江皓辰的模樣惹得笑出聲音，然後將視線落回疊放在桌面的正方形色紙，繼續完成那尚未完成的一千隻紙鶴。

窗外的天空，漸漸黯淡成濃沉的黑色，卻始終等不到離開廢棄空屋去拿贖金的黃以好。

不曉得，交付贖金的過程是否順利？

不曉得，自己能否平安無事地離開這裡？

「沒想到妳也喜歡吃甜的，我也是。」

看著正在低頭吃著甜甜圈的黃以芩，江皓辰隨便挑了個話題，只為了用說話轉移不安的感覺。

「真的嗎？」

吃完甜甜圈後，又從塑膠袋裡拿了個蛋塔的黃以芩，開心看著和自己有共同喜好的江皓辰。

「真的真的，不管蛋糕、餅乾還是冰淇淋我都超愛的。」

「巧克力呢？」

「巧克力也不錯，不過我喜歡吃純度高一點，帶著苦味的那種。」

「嗯嗯。」

黃以苓似懂非懂地點了點頭，跳下椅子走到被移到牆角堆放的書堆，從書堆中翻出一本在很多年前就已經停刊的過期雜誌，捧著雜誌走到江皓辰的面前，蹲在地上打開介紹甜點店的頁面，指著用彩色筆圈起來的照片。

「你吃過這種巧克力嗎？」

江皓辰看了眼照片上的食物，回答：「沒吃過，不過白巧克力並不算真正的巧克力，它的主要成分是可可脂跟脂肪。」

黃以苓歪著頭，納悶地問：「這兩種東西有什麼差別嗎？」

「成分不一樣，聽說白巧克力比較不健康。」

「不健康有什麼關係，只要便宜又好吃就夠了。」

甜甜的笑容，幸福地掛在女孩的臉龐。

很普通的對話，卻讓江皓辰想起曾經看過的一則報導。

報導中提到，在美國越是仰賴救濟金過活的窮人，以速食餐廳的食物或肉類食品打發三餐的比例就越高。因為在酪農業發達的當地，這樣的食材非常便宜。

反之，有錢人則多以白肉和蔬果等地中海飲食，為主要的養分攝取來源，可是這些對健康有益的食物，價格卻十分昂貴。

於是窮人大多都有體重過重或血脂肪過高的問題，而最常罹患的也是醫療費最為昂貴的心血管疾病，或糖尿病等慢性疾病。

最後，他們只能靠著借貸或抵押唯一的資產——生活起居的房子——做為換取生命延續的代價。

那麼有錢人呢？

有錢人的情況則剛好相反。

因為能用金錢換取品質較高的食材也有悠閒運動的時間，所以白領階級不但身體健康，花在醫療費用的比例也相對偏低，且擁有較長的壽命來享受愜意優雅的人生。

☾

翻閱雜誌的手，讓江皓辰看見上面以彩色筆標示的註記。

每一個註記，都滿載著她的期待。

「姊姊說，只要有了錢，就會帶我去這些餐廳吃好多好吃的東西。」

黃以苓開口閉口都是姊姊，對黃以妤有著教徒般的信賴。

江皓辰在心底偷偷地嘆了口氣，不忍戳破這樣的美夢。

以苓……

妳知道，妳的姊姊接下來得面對警察的通緝嗎？

妳知道，等待她的是漫長的司法審判和監獄服刑嗎？

就算黃以妤真的能順利取得贖金，在還完妳們父親留下的龐大債務之後，恐怕也所剩無幾。

依舊貧窮？

或者被迫分離？

如果說人生就像寺廟裡指引命運的籤筒，那麼屬於妳們的籤筒裡，就只剩下這兩種結局。

所以無論是「有錢」，還是「帶妳去餐廳吃很多好吃東西」的期待，全部都註定落空。

「江皓辰，你怎麼都不說話？」

「沒什麼，也許今晚以後妳的願望就能實現。」

面對歪著頭，認真看著自己的黃以岑，自認總是嘴賤的少年，難得地選擇了說謊。

「真的嗎？」

「真的。」

「謝謝你，我也希望……」

果然，女孩的臉上，浮出單純而滿足的笑容。

黃以苓拍了拍沾了灰塵的過期雜誌，起身將雜誌放回牆角的書堆，然後坐回窗臺旁的桌子旁，捧起十幾隻不同顏色的紙鶴，看著象徵希望的紙鶴，彎起嘴角。

「嗯。」

抿著脣瓣做出回應的江皓辰，忍不住在心底想著。

其實人哪，都非常清楚自己身處的環境與擁有的條件，只是很多時候我們選擇視而不見，等到時間久了也習慣了之後，就能把謊言當成真實來活。

比如他曾經認為，自己早就過了眼巴巴期待父母關注的年紀，就算只有一個人也能過得挺好。

卻在被綁架後，發現在「江皓辰」的內心深處，依舊是那個渴望能證明自己在父母心中霸占了重要位置的那個少年。

比如眼前的黃以苓，已經十五歲的她肯定知道犯罪是一條不歸路，也曉得姊姊即將面臨的結局與刑責，所以才會不顧勸說和阻攔，一次又一次回到這間廢棄的空屋，無論被黃以好推開過多少次。

樓下，傳來機車引擎的聲音。

交付贖金的的結果，是失敗？還是成功？

都將在黃以好上樓之後，落槌定音。

江皓辰把臉向右一偏，看著正被黃以苓摺出的第一千隻紙鶴，暗自說了聲抱歉後，看著那隻逐漸成形的白色紙鶴。

閉起眼睛，許願。

希望……

父親已經交付贖金。

希望……

他能活著離開這裡。

夜光

A light in the dark

第六章　絕望

砰！

布滿鐵鏽的門板被強大的力量拉開，撞擊在油漆剝落的樓梯間牆面。黃以苓看著終於返回廢棄空屋的黃以妤，害怕地喊了聲。

「姊？」

「滾一邊去。」

凌亂的頭髮散落在圍著圍巾的肩膀，黃以妤的眼神充滿著強烈的憤怒與絕望。

「姊、姊，妳怎麼了？」

黃以苓不安地走了過去，才剛伸手抓住對方的外套袖口就被重重甩開。

在見到黃以妤的第一眼後，江皓辰的心中就有了答案，即使她什麼話也沒說。

父親，沒有支付贖金。

而他，無法從這裡離開。

果然，千紙鶴的傳說只是騙小鬼的把戲，但他卻可悲地在聽見引擎聲熄滅的那一刻，選擇了相信。

「有錢人都該死！都該死！」

挾著怒意的人快步衝到江皓辰的面前，抬腿對準柔軟的腹部用力一踹，猛烈的攻擊痛得他忍不住縮起身體，抵擋不斷施加在身上的暴力。

江皓辰咬著牙，不讓示弱的聲音從齒縫間鑽出。

「姊！姊別打了！不要再打他了好不好？姊姊！」

「妳給我滾一邊去。」

嗆著哭音的哀求，哀求著和平時完全不同的姊姊。

不忍心剛剛才和自己有說有笑的人被毆打痛揍，黃以苓使出全身的力氣再次抓住黃以妤的袖子，試圖阻止已經失去理智的姊姊，卻被捉住頭髮重重推倒在地上。

砰！

「啊——」

瘦弱的身體毫無抵抗力地摔在凹凸不平的水泥地面，劃破皮膚的額頭在下一秒後，從磨破的傷口滲出紅色的鮮血。

「你們這些有錢人都一樣，都、一、樣！」

期待後又落空的情緒轉折就像從高空墜落的極限運動，朝著與死亡畫上等號的地平線迅速俯衝。

踹在江皓辰腹部和背部的鞋底，無視柔軟的腹腔內全是一旦受傷就會致命的重要器官，彷彿踐踏著一尊由棉花填充的布偶娃娃。

「說好了要付贖金卻又討價還價，到了約定的時間也不出現，我只是想要有一筆錢安安穩穩地活下去，為什麼所有人都要逼我？

你們到底想要我怎樣？想要我怎樣？是不是不相信我敢動手殺人？是不是？

好啊！來呀！

我就從你這個混蛋開始，一個接一個，管他該死還是不該死，統統都殺！都殺！都殺！」

撕裂喉嚨的咆哮，以刺痛耳膜的高分貝回盪在只有三個人的空間。

「……」

從頭到尾，側身倒在地上的少年都不曾說過一句話，就連喊痛的聲音也咬著牙關，固執地吞回喉嚨。

然後用最殘忍的語言，諷刺一度以為事情會順利落幕而放棄所有可以逃走的機會，選擇相信父母會支付贖金來換取兒子性命的「江皓辰」。

哼，看吧！

這就是相信大人的下場，這就是抱著不切實際的期盼的下場！

「呼……呼……呼……呼……」

最後，力氣耗盡的黃以妤終於停止施加在江皓辰身上的暴力。

廢棄的空屋內再次從嘈雜回歸平靜，只剩下沉重的喘息和哭泣的聲音。

「姊。」

黃以苓跌坐在冰冷的水泥地面，紅著雙眼，看著極為陌生的姊姊。

「不准哭！不准哭！以苓妳聽見沒有，不、准、哭！」

黃以妤衝到黃以苓的面前，跪在地上扣著妹妹的肩膀用力搖晃，明明眼眶中全是淚水，卻倔強地不肯讓眼淚流下來。

「反正我們這種人就是該死，只是造成社會亂象的敗類，就因為我們窮、沒有錢、沒有優秀的學歷……」

不停顫抖的肩膀，哽咽說著威脅的字句。

與其說這些話是對黃以苓的告誡，不如說被狠狠警告的人，是再次抱住錯誤期盼的自己。

「姊……」

瞪大的雙眼流淌著無聲的淚水，她不懂一向疼愛自己的姊姊，為什麼會突然變了個模樣？

「記住，我們能信任、能倚靠的，只有自己。」

像是宣示、像在控訴，更像從靈魂深處鑽出的嘶吼。

黃以妤鬆開不知道從什麼時候開始就緊緊握住的拳頭，露出江皓辰在最初相遇時曾經見過無數次，那種輕蔑、旁觀，諷刺的冷笑，然後說。

「反正這個世界，從來就不公平。」

天，亮了。

「……」

剛睜開眼睛，就又被迫感受從身體四處傳回大腦，強烈到讓江皓辰恨不得直接昏迷的劇痛。

依舊習慣站在窗邊的黃以妤在察覺到江皓辰的動靜後，也只是往他身上掃了一眼，就又把視線投向窗外。

指尖夾著燒了半截的香菸，不急著將菸草內的尼古丁吸入胸腔，而是任由紅色的火圈在碰觸到濾嘴後熄滅，接著用打火機點燃第二根香菸，重複同樣的動作。

點燃、熄滅、點燃、熄滅……

直到腳邊多出二十根只剩下濾嘴的菸屁股，躺在床上的黃以苓也睜開眼睛從睡夢中醒來。

「吃點東西吧！」

黃以妤指著桌子上的食物，對著才剛睡醒的妹妹輕輕說著。

「嗯。」

黃以苓下了床，走到窗戶旁邊的桌子，從裝著食物的塑膠袋內拿了個火腿三明治，然後抬頭看著望向外面的姊姊，期待一句安慰或者一句解釋。

卻沒有任何回應。

於是背過身，走到離黃以好最遠最遠的角落，坐在地上靠著又硬又冷的牆壁，吃著能讓她不會餓肚子的三明治。然後拿著前一晚來不及完工的色紙，垂下臉，繼續摺著對解除龐大債務毫無用處，卻是唯一能讓她賺到錢的方法。

象徵希望的，一千隻紙鶴。

「以……」

黃以好微微掀開的脣瓣似乎想說些什麼，最後卻還是把想說的字句嚥回腹中。

算了，現在該煩惱的不是以苓的感受，道歉的話，就等有機會的時候再好好地跟她說吧！

如果，還有機會的話。

「為什麼昨天沒有出現在約定的地點？」

握著手機的黃以妤，壓抑著滿腔的怒氣，對話筒另一端的男人冷冷質問。

「少搞那些小動作，別忘了你兒子還在我的手上，別以為我不敢殺人。」

手指拉扯著凌亂糾結的頭髮，蒼白的嘴唇被銳利的牙齒咬得都快滲出鮮血，和電影中縝密強勢的談判不同，聲音中有著掩藏不住的慌亂。比起交涉，更像是發洩情緒的孩子。

「不要跟我扯那麼多廢話！」

砰！

握著手機的人越說越激動，最後砰的一聲，憤怒的拳頭重重地擊打被歲月鏽蝕的鐵門，發出足以震嚇對方的巨響。

黃以苓坐在離姊姊最遠的那面牆壁前，烏黑的瞳孔中充滿著恐懼，下意識地將左手又握上右手的手腕，僵硬地擋在胸前保護自己。

對這一切全都無能為力的她，只能聽從姊姊的每一個指示，盼望著在做完這些事情之後，她們背負的債務能像魔法般瞬間消失，然後開始嶄新的生活，能和姊姊一起去吃好吃的東西，去好玩的地方。

但姊姊卻沒有像她承諾的那樣，從約定的地點把贖金帶回這裡。

「騙子……姊姊是騙子……騙子……姊姊是……騙子……」

黃以苓看著自己唯一的親人，用壓得極低的聲音重複著同一句話。

黃以好突然走向江皓辰，把手機湊到他的耳邊按下擴音鍵，說：「叫你爸最好不要動什麼歪主意，不然吃苦頭的是你自己。」

『皓辰，你……你還好吧？』

電話的另一端，傳來中年男性的低沉嗓音。

「嗯。」

平淡的回應不是因為感動得說不出話，而是再次感受到父子之間的疏離。

『爸爸和媽媽已經在籌錢了，只是金額太大，所以……還需要一點時間……』

「騙人。」

毫無起伏的聲音，戳破對方的謊言。

「拿來！」

『皓辰，你剛剛說了什麼？皓辰！皓辰！皓辰你還好嗎？』

黃以妤發現江皓辰的神情有異，於是搶走手機，對著江皓辰的父親咆哮。

「少廢話，今晚十二點前如果再沒按照約定交付贖金，下次你見到的就是你兒子的屍體。」

說完，便立刻掛斷電話，不給對方討價還價的機會。

「有錢的混蛋！」

怒氣未消的人，握著手機將放置在桌上的雜物與裝著食物的塑膠袋，統統掃落在深灰色的地面，然後喘著氣努力平復失控的自己。

「別擔心，很快就結束了。」

等到情緒緩降成冷靜的水平線，不再出現尖銳的波動之後，黃以妤轉身看著離自己很遠的妹妹，用安撫的語氣說。

「嗯。」

回應的單音透著強烈的不信任感，連抬頭看一眼對方的動作都沒有，只是繼續摺著未完成的紙鶴。

曾經有這麼一個比喻。

說我們存在的世界其實是巨大而精密的機械，以人為齒輪、以法律為卡榫，每個零件都必須對接在適當的位置，否則這臺機器無法順利運轉。

然而越是精密，就越脆弱不堪。

哪怕只是一顆螺絲鬆脫、一處環節故障，龐然的機器就會瞬間崩塌，像是被火山灰覆滅的龐貝城，活埋整個世界的生機。

所以必須小心且謹慎地，剔除每一個已經出現問題或即將成為問題的零件，避免因為少數的「瑕疵」，而讓多數的「正常人」陪葬。

但如果機器太過老舊，充斥損壞的零件與螺絲，那麼這臺機器，便註定走向崩壞……

「以夸。」

「什麼？」

窗外滴滴答答的雨聲，在兩人對話的時候瞬間化作傾盆大雨，嘩啦啦地在窗框形成瀑布般的水簾。

在雨水的吸熱作用下，入夜後的溫度似乎比氣象預報的數據還低，即使穿著禦寒的外套仍躲不過從領口鑽入的冷風。

也許是為了要與「上面的人」傳遞目前的最新狀況，拿著手機離開空屋的黃以好，在關上鐵門前雖然如往常一樣說了句「我出去了，很快就會回來」，卻不曾聽見向來依賴著她的妹妹，漾著甜甜的笑容對她說「姊，我等妳回來」。

「妳又摺了多少隻啊？」

江皓辰挪動身體，直到把自己移到木頭桌子的桌腳旁，看著女孩熟練地將不同顏色的紙張壓線、對折、翻轉，不到半分鐘的時間，就又多出一隻漂亮的紙鶴。

「不知道，不過只要把這疊色紙全部摺完就有一千隻。」

即使說話，手上的動作也毫不減速度地完成所有動作，然後指著堆疊在旁邊地上的成品，回答對方的問題。

「我幫妳。」

江皓辰舉起又被童軍繩捆縛手腕的雙手，從桌上抽起一張紅色的色紙，模仿對方的步驟，依樣畫葫蘆地摺出歪歪扭扭，就連臉部也像被爆打過似的超醜紙鶴。

「噗哧！你做得好醜喔！」

不知何時停下動作認真看著江皓辰的黃以芩，露出消失了一天多的笑容，指著對方的成果發出笑聲。

江皓辰不服氣地舉起被綁架犯再次剝奪自由的雙手，大聲抗議：「喂，笑什麼笑？不然妳也把兩隻手都綁著來，然後來摺摺看啊！」

「我第一次摺的時候，都比你這隻漂亮。」

「嘖，反正看得出來是紙鶴就好，來，給妳，不用謝。」

江皓辰不以為意地捏著難看的作品在指尖轉動，然後把它放到疊成小山般的紙鶴堆的最上方，得意地說。

「這樣不行。」

「為什麼？雖說醜是醜了點，但反正是用來許願的，有差嗎？」

「摺不好就沒用了，別人就不會想花錢買這樣的商品。」

黃以苓搖搖頭，抽走那隻紅色的成品，將色紙攤開後重新摺出另一隻新的紙鶴，回答剛才的問題。

江皓辰訝異地張開嘴巴，露出恍然大悟的表情。

居然忘了對方之所以這麼辛苦的目的並非為了許願，而是為了賺錢。

只要累積一千隻紙鶴就能換到八百塊的鈔票，比一頓大餐都還便宜的價格，卻是她唯一的謀生工具。

說。

「回去吧！」

和「上面的人」聯繫後返回屋內的黃以妤，才剛進門就對著正在摺紙鶴的妹妹

「為什麼要我回去，我、可是我……」

黃以苓放下手中的色紙，希望姊姊能給她一個解釋，卻只得到不耐煩的回應。

「夠了，回去！我是為了妳好。」

嚴厲的語氣，阻止對方打算繼續追問的想法。

現在的她，煩躁地不想浪費時間在沒有任何幫助的解釋，妹妹只要像以前一樣，

完全聽從她的安排離開這裡就好。

「為、了、我、好？」

用力收起的指尖，把才剛摺好的紙鶴捏成皺巴巴的紙團，總是開朗的臉龐罩上一

層黑霧般的陰沉，黃以苓低垂著臉滑下椅子站在黃以好的面前，一個字一個字地說道。

「以苓？」

黃以好看著反應迥異的妹妹，傻傻站在原來的地方。

「姊姊總是這個樣子，總是一個人把所有事情全都扛下，卻從來不問問我，問問我會不會討厭做出犧牲的妳？

什麼叫為了我好？在做出那些自以為是的犧牲之前，姊妳有沒有問過我，我覺不覺得妳做出的決定，是『好』的、是『對』的、是『我希望妳為我做的』？」

十五歲的女孩抬起盈滿怒意的臉龐，用刮玻璃般的尖銳嗓音，吐出壓抑多年的不滿。

「以苓……」

「為什麼妳不肯相信我！」

緊握拳頭的女孩淡淡地勾起嘴角，對著從未忤逆過的姊姊表達不滿。

「不相信我能夠照顧好自己，不相信我可以幫妳一起償還債務，不相信我已經是個十五歲、足以承擔責任的大人了！」

凝重的氣氛，環繞在瞬間安靜的空間。

幾分鐘後，黃以妤彎腰拿起便利商店的塑膠袋替妹妹收拾散落地上的色紙、紙鶴，還有她最喜歡的那疊書本和雜誌，也不管對方有沒有聽見，便自顧自地說著。

「以芩，記得離開這裡後就去王姊那裡，別再回來，接下來的部分我來處理就好。還有……以後如果有什麼事情就問問王姊，但是別給人家添太多麻煩，知道嗎？」

「姊……」

和從前截然不同的態度，透著隱約不祥的氛圍。

黃以芩似乎猜到了什麼，卻不願面對猜到的答案，於是抖著泛白的嘴唇，對仍在說話的姊姊害怕地喊了聲。

「以芩妳說得對，十五歲的妳已經是大人，所以接下來妳要學著自己處理，不可以再像從前那樣，遇到事情就像個孩子一樣只知道流眼淚。」

滂沱的大雨，依舊在窗外持續地下個不停，水泥地板上的最後一隻紙鶴，也被黃以妤撿起放進了塑膠袋裡。

時間，彷彿被施了魔法，在最後一隻紙鶴落入袋子的瞬間靜止。

「姊……」

出口的聲音，顫抖得更加厲害。

「嗯？」

黃以妤走到妹妹面前，將破舊的書籍和裝滿紙鶴的塑膠袋，分別交到對方的手上。

「妳是不是……不會回來了……」

捏在提袋處的指尖重重一震。

慌亂從黃以妤的眼中閃過，然後垂著臉，任由及肩的頭髮遮住自己的側臉。

黃以苓看不見姊姊臉上的表情，只看見隨著呼吸明顯起伏的胸口，背叛似地洩漏了她的掙扎。

「姊姊相信以苓，一定能把自己照顧得很好。」

人和人之間即使是各自獨立的個體，但只要相處的時間一長，很多事情即使不用語言，也能透過細微的反應和感受到的氛圍得知。

無論是好事，還是不想讓對方知道的壞事。

「我想跟姊姊在一起，不可以嗎？」

沒有追問姊姊是否還會回來的問題，而是回到最初，能否留下陪伴在她身邊的詢問。眼淚從黃以苓的臉頰滑落，在地上留下一圈又一圈的痕跡。

「別哭了，『大人』沒有哭泣的權利。」

抬起頭，用手抹去妹妹臉上一滴又一滴的眼淚，揚起溫柔的笑容推著她的後背，打開由內反鎖的鐵門，和黃以苓一起走到外面的樓梯間，然後說。

「我送妳出去，外面下著大雨，自己走路的時候小心。」

「姊……」

盈滿淚水的視線，從姊姊的身上移轉到靠坐在牆壁前的江皓辰。

「對不起……」

江皓辰別開視線，在心中做出無聲的回應。

抱歉，以芩。

我勸不了妳姊姊放棄她的計畫，也勸不了我爸趕快付錢。

無論妳希望我做到的是哪一個，只可惜我都無法做到。

所以……

對不起。

將妹妹送走的黃以妤，頂著被雨水打溼的頭髮回到又一次只剩下兩個人的空間。

脫去外套唰唰抖去水滴的聲音，讓靠坐在牆壁前的江皓辰，在瞥了眼窗外的雨勢之後，問了個突兀的問題。

「妳不抽菸嗎？」

黃以妤斜眼看著被童軍繩捆住手腳的江皓辰，有些訝異：「怎麼？你也想學抽菸？」

在低溫和保暖間猶豫片刻，沒有第二種選擇的女孩只能把溼了大半的外套重新穿回身上，即使感覺不怎麼舒服，卻也沒有其他辦法。

「不是，而是每當妳心情不好的時候，就會抽菸。」

搖頭，他依舊受不了這滿屋子的霉味與菸味，卻從幾天以來的觀察知道，就像黃以苓在不安或恐懼的時候習慣用左手抓著右手的手腕，而她也有類似的習慣，就是抽菸。

他還知道，藍色紙盒的香菸，是她們的父親常抽的那個牌子。

「沒想到你這個人挺細心的。」

「那當然，我還有很多優點妳可以慢慢發現。」

難得露出輕鬆的表情，甚至勾起淺淺的微笑，和嘴賤的江皓辰彼此吐槽。

然而詼諧的畫風卻在下一秒鐘驟轉，彷彿臨死前連呼吸都沒力氣的病人，微弱地嘆了口氣，說。

「可惜，沒時間了……」

被童軍繩限制自由的雙手，在第三次收緊拳頭後，下定決心快速唸出一組數字：

「黃以好妳聽好了，037……」

「什麼意思？」

「我的銀行帳戶提款卡密碼，裡面的錢妳都拿走吧。雖然不多也沒辦法幫妳們還清債務，但是有了這筆錢妳就不用跟以苓分開，也不必坐監牢。」

之前說過的方案，再次被重新提起。

只是那個時候她還能期待贖金，現在，卻已沒有更好的選擇。

「江皓辰！你是在可憐我嗎？」

眼神，在一瞬間變得銳利。

江皓辰也明白，凡是觸及到貧富對立的問題，黃以好就像渾身豎起尖刺的刺蝟，不許任何人質疑她在這部分的軟弱。

「不，只是經過這段時間的相處，我也想了很多。」

出身在有錢人家的小孩，功課跟不上進度可以補習、可以聘請家教，然而在偏鄉地區，卻連正式興辦的學校都沒幾間。

有的人被安排在父母的公司接班，即使能力和性格都很差，卻依然可以當上主管坐領高薪，其他人卻終其一生也爬不到同樣的位置。

這個社會總告訴我們：

英雄不怕出身低，只要肯努力就能有機會，比如誰誰誰都是白手起家。

卻從來不說：

以上那些案例僅占總人口的幾百、幾千萬分之一，其餘的九百九十九萬九千九百九十九的人即使付出再多努力，也到不了「有錢人」天生就擁有的資源的百萬分之一。

「假如我和妳們一樣，父親逃債、母親自殺、兩個人相依為命寄人籬下，不但背負龐大的債務還遭人歧視，就連有沒有下一頓飯都不知道……

或許，我也會做出和妳一樣的選擇。應該說，只剩下這個選擇。」

選擇憎惡這個世界、唾罵有錢的人，甚至走上犯罪的路。

不是要把犯罪合理化，而是不曾遭遇過同樣困境的人，確實沒有資格說你「感同身受」。

那些高高在上謾罵這些人的選擇、甚至天真地以為只要給了錢就能「拯救」貧窮的白痴有錢人，卻從來不肯走下階級的臺階伸手拉他們一把，又或者停下腳步聽一聽他們身上的遭遇和故事。

人性，總是如此，就像自己也曾經這麼認為。

過著衣食無缺的日子，唾棄沒錢的人活該成為亡命之徒，無視彼此條件本就不同，甚至不覺得這種想法就是傲慢與歧視。

「現在說這些又有什麼用？還是你覺得自己這麼說會讓我好過一點？」

銳利的尖刺被緩緩地收了起來，黃以好打量著只相處短短幾天的少年，掛上嘴角的冷笑多了幾分朋友間開玩笑的成分。

江皓辰攤開雙手的掌心，示好地看著房間中的另一個人：「我只是想告訴妳我的想法。妳想跟妹妹一起生活吧！雖然妳過去的事情我並不完全清楚，但是如果能夠選擇，沒有人會想成為綁架犯。

妳領完錢後就想辦法躲起來，我不會跟任何人說起關於妳們的事情，反正就算我胡扯一通他們也不會知道。怎樣？要不要接受我的提議？」

「哪可能像你說的這麼順利？」苦澀的笑容蔓延在黃以好的臉龐。

「總比待在這裡等著被警察逮捕要強，不過妳也要有心理準備，畢竟是重大犯罪，檢察官跟警方會繼續追查，不是我說沒事就真的能完全沒事。

所以黃以好，妳願意相信我嗎？」

窗外的雨聲不知不覺地變小，房間裡陷入一片沉默，黃以好沉默地走回窗邊，靜靜地看著窗外，然後在淅瀝瀝的雨聲中，聽見了她的回答。

「我相信你，但……已經來不及了……」

安。

冷冽的聲音透著打定某種主意的決心，就像平靜無波的湖面，卻更讓人覺得不安。

「快睡吧！明天還有明天的事情要做。」

江皓辰抿了抿嘴角，垂下頭，把露出難過表情的臉龐埋進手臂形成的陰影下方，壓抑著情緒，刻意拉高說話的聲音嘴賤地說：「妳不會是想趁我睡覺時把我丟包到深山吧？」

「好主意，你不說我還真沒想到。」

「那拜託乾淨俐落一點，我寧可死得痛快也不要活受罪。」

「你還真是怪人。」

「聽起來不像是誇獎。」

「本來就不是。」

一來一往的吐槽，掩飾著彼此都不願意繼續下去，甚至假裝遺忘的話題。

窗戶外的雨勢，再次由弱轉強，嘩啦啦地拍打著透明的玻璃，彷彿永遠不會停下。

靠著牆側身躺在水泥地上的江皓辰，在疲倦地打了個呵欠後，開口：「喂！妳還醒著嗎？」

「……」

「如果改變心意的話，記得跟我說。」

「嗯。」

靠坐在窗臺旁邊，拿起打火機點燃香菸的女孩，用鼻音做出回應。

第七章　死亡

又是同樣的夢。

沒有天空、沒有地面，只有漫無邊際的黑暗與小孩子斷斷續續的哭聲。

試圖尋找聲音傳來的地方，卻困在伸手不見五指的空間，只能憑著感覺盲目摸索，直到眼前突然出現透著光亮的「另一個世界」。

彷彿站在警匪片中，可以辨識犯人卻不會被對方發現的特製玻璃後方，看著另一個世界裡空盪無人的客廳，與散落在桌面的雜物。

酒杯、藥袋，撕碎後被撒了滿地，依稀可見離婚證書這幾個粗黑字體的紙張。

戴著 Harry Winston，由方形祖母綠為主石，周圍鑲嵌四十二顆圓形白鑽，以 Secret Combination 為名的結婚戒指的母親，穿著絲質睡衣披垂凌亂的頭髮，坐在沙發上掩面哭泣。

『媽……』

被光明籠罩的女性，似乎聽得見來自另一個空間的聲音，於是抬起臉看著站在黑暗中的少年，說。

『皓辰，好好選擇你想要的人生，不要成為你的父親，也不要成為另一個我。』

「好痛！妳在做什麼？」

突然襲來的疼痛感，把身處夢境中的江皓辰拉回現實，愕然看著兀自抓起自己的手，捲起外套和襯衫的袖子露出手臂上早已癒合的傷口。

「別動！」

黃以好就這樣抓著江皓辰的手，用指尖輕輕碰觸難看的疤痕，顫動的睫毛下隱藏著說不出口的情緒。

「還痛嗎？」

江皓辰迅速抽回自己的手臂，撐著堅硬的地面坐直身體，回答：「沒那麼痛了。」

「那……這裡呢？」

愧疚的視線，從手臂挪移到前一晚被她猛力重踹的腹部。

「——」

江皓辰下意識地把身體往左一偏，將受傷瘀青的地方藏在硬度較強的背脊下方，轉換話題問起關於贖金的話題。

「拿到錢了嗎？」

「沒有。」

直截了當地回答，女孩神情淡漠的臉上沒有任何變化。

「接下來打算怎麼辦？」

「還能怎麼辦？」黃以妤直直地看著對方，冷笑自嘲：「反正能不能拿到錢都無所謂了，我已經決定好了。」

「決定好了？決定好什麼？該不會是想一刀捅死我吧？」

「你怎麼知道？」

惡作劇的笑容，格格不入地掛在總是露出凶惡表情的臉龐，江皓辰嘆了口氣，揣測黃以妤心中的打算。

「妳是想去自首？還是要找地方躲起來避風頭？」

「到時候就知道了。」

「喂！就不能直接告訴我答案嗎？知不知道這種說法只會讓人更胡思亂想啊？」

「怎麼？怕了？」

「廢話！就算要拿刀砍死我，好歹也先給我個心理準備吧！」

「呵呵。」

黃以妤扶著膝蓋站直身體，從外套口袋掏出手機看了看螢幕上的訊息狀態，抿著嘴角竊笑。

「黃以妤，我有一個問題想問妳。」

「說！」

「逼妳執行這樁綁架案的『那些人』，究竟是誰？為什麼目標是我？他們想要報復的對象究竟是我的父親？還是我的母親？」

關於「江皓辰」生活作息的資訊，肯定來自熟悉他行為模式的人，而「這個人」，也必定和這對姊妹的債主有什麼關係。

因為只要對她們說這不但是大撈一筆的好機會，也能將積欠的債務一筆勾銷，那麼沒有第二種選擇的黃以妤註定成為傻傻撲火的飛蛾，帶著她唯一信得過的妹妹執行這場手法粗糙的犯罪。

少女臉上的表情先是吃驚錯愕，隨即黯下眼神，咬著嘴脣用力搖頭。

「不，所有的事情都是我一個人決定的，我做的事情我自己承擔，不會牽扯到任何人。以、以芩她……她什麼都不知道……她什麼都不知道……」

看著反覆催眠自己，脆弱又逞強的黃以妤，放棄了從她口中逼問出幕後黑手的盤算。

嗡——嗡嗡——嗡——

調成震動模式的手機，在黃以妤的掌心發出嗡嗡的聲音。

點開螢幕瞥了眼收到的訊息，從另一個口袋掏出藍色的菸盒，拍打紙盒底部倒出最後一根香菸，然後用打火機點燃。

一縷又一縷的白煙，緩緩滲透在房間內的空氣，曾經對菸味十分厭惡的江皓辰，也意外自己竟然已經適應這個味道。

「我出去買東西，你在這裡待著。」

燒盡菸草只剩濾嘴的菸屁股，被女孩扔到地上用鞋底踩踏，在說完這句話後打開由內反鎖的鐵門，獨自離開關押肉票的房間。

看著被重重關上的鐵門，江皓辰整個人都傻了。

喂！等等！

黃以妤小姐，妳應該還記得自己是個綁架犯吧？

電影劇本就算編得再瞎，也沒見過就這樣把被害人留下來，連半個負責看守的人都沒有的情節安排。

那他是不是也該配合演出？來個絕地反攻的帥氣大逃亡啊？

江皓辰甩了甩冒出各種想法的腦子，翻著白眼自言自語：「唉，算了算了。」

反正這種偏僻的鬼地方就算大叫也不會有人聽見，再說想要解開綁在手腳上的童軍繩也挺麻煩的。

而且從方才的對話中他隱約有個感覺，覺得黃以妤說的「決定」，或許是他最不願意看見的那個。

☾

窗外的雨聲，變得越來越大。

大得足以掩蓋在偏僻的廢棄建築物中發出的任何聲音。
黃以好拎著裝滿塑膠袋的食物回到空屋，數量多得能把整張桌面全都占滿；另一袋則裝了十幾瓶的啤酒，沉甸甸地幾乎要把勾在手指指節處的提袋扯斷。
「給你。」
布滿水珠的玻璃瓶，被遞到江皓辰的面前。
被童軍繩牢牢捆住的雙手，納悶地指著自己的臉：「我？」
「不然還有別人嗎？來，陪我喝。」
張口咬住封瓶的鐵蓋，只聽見喀的一聲，白色泡沫就瞬間湧上狹窄的瓶口，甚至從平滑的邊緣溢出，沿著滿布水珠的曲面蔓延至握在瓶身的指尖。
江皓辰驚呆地看著這種豪邁的開瓶法，張大嘴巴愣了幾秒鐘後，才從黃以好手中接過足足有六百五十毫升的酒精飲料，說。
「這該不會是臨死前的最後晚餐吧？」
「最後的晚餐？」女孩似乎被這種說法逗樂，笑了笑，以輕鬆的口氣回答：「說不定是喔！」
緊接著被放到江皓辰腳邊的，是微波過的義大利麵。
雖然依舊是便利商店的加熱食品，比不上義大利餐館道地的異國料理，卻仍從掀開一角的塑膠膜下飄出讓人口水直流，熱騰騰的奶油香。
「能不能幫我把繩子解開？妳放心，在我沒嗑完這頓美食之前，就算妳主動開門還鋪上紅地毯叫我滾，我也不會離開。」
「你也太誇張了吧，只不過是超商的加熱食品而已。」
嘴巴上雖然是這麼說著，卻還是替對方鬆開綑綁在手腕上的童軍繩。
江皓辰一把抓起放在塑膠膜上的叉子，撕開印著廠牌名稱和成分內容的薄膜，捲起冒著白煙的義大利麵，呼嚕呼嚕地吃著這些天來最好吃的一頓食物。
「好吃，真是太好吃了，回去後我要多囤幾盒這種加熱食品在冰箱，這樣半夜餓醒的時候就不會只有麥當勞外送這一種選擇。」
麵條被大口大口吸入的聲音夾雜著含糊不清的說話聲，從江皓辰的嘴巴鑽出，抬頭瞥了眼什麼也沒吃、只是不斷灌酒的黃以妤，好意提醒。

「喂！妳這樣不吃東西很容易醉喔！」

「吵死了，不用你管，我找你喝酒不是要聽你囉嗦，再多話就把你扔去山裡自生自滅。」

「好，我閉嘴我閉嘴。」

「喝！」

黃以妤握著瓶身，在江皓辰放在地面的那瓶啤酒上重重地敲了一下。

「我喝我喝。」

只好趕快把嘴巴裡才嚼了幾口的麵條快速吞進肚子，然後舉起啤酒直接灌了半瓶。

直到彼此都喝光六百五十毫升的酒精飲料，沉默了好一會兒的女孩才把空瓶放在地上，說：「我跟你提過對吧？關於我的夢想。」

「嗯，妳說想去沒有人認識妳的地方重新開始。」

江皓辰點點頭張大嘴巴打了個酒嗝，把胃袋裡過多的二氧化碳排出體外。

沒有擺正的空瓶哐郎一聲橫倒在粗糙的水泥地板，咕嚕咕嚕地滾向另一面牆壁。

習慣性地從外套口袋掏出菸盒與打火機，叼著末端的濾嘴壓下打火輪點燃紙捲內的菸草，然後飄出就連討厭菸味的江皓辰都已開始習慣的味道。

「我爸欠下的債務可不只有幾十萬，所以你那點錢根本就改變不了什麼……」

從口腔呼出的煙圈代替心底的壓抑，透過吐氣的動作稍稍釋放快要將人滅頂的窒息感。

江皓辰也跟著放下酒瓶，搖晃裡面還剩下幾毫升的液體，問：「黃以妤，妳到底背了多少債務？」

女孩咬著香菸的濾嘴暗自計算了幾秒鐘後，扯出苦澀的微笑回答：「反正是我工作一輩子也還不完的數目。」

微弱的燈光映照著她的側臉，連續幾天的壓力與疲憊刻劃在只有十九歲的臉龐，明明是花樣般的年紀，卻憔悴得彷彿歷盡滄桑的老婦。

第二瓶啤酒，以同樣粗暴的方式被打開鐵製的瓶蓋。

滿臉倦色的女孩仰頭猛灌能麻痺感覺的液體，感受著在嘴裡擴散的苦澀，與滲入血液後逐漸渙散的理智。

「你知道我最怕的是什麼嗎？就是一直到死都得為了還清債務而活，一輩子辛苦賺到的錢全都進了別人的口袋。」

黃以好甩了甩頭，握著觸感冰涼的玻璃瓶站了起來，指著靠坐在牆壁的江皓辰，說出自己曾經遭遇的不堪。

「自從我爸跑路以後每天都有人來家裡要債，摔酒瓶的摔酒瓶、潑油漆的潑油漆，甚至還押著我去酒店陪酒，你知道那時候，我幾歲嗎？」

「……」

「十、二、歲！對！那個時候我才只有十二歲！那些客人甚至還有和我同樣年紀的女兒，有著和我一樣只有十二歲的女兒啊！」

砰！

才喝了幾口的酒瓶，被黃以妤狠狠砸在江皓辰靠坐的那面牆壁。

噴濺的液體與碎裂的深綠色玻璃，在牆壁和地面形成的九十度直角處，留下讓人怵目驚心的痕跡。

黃以妤看著在地面的破碎玻璃踉蹌後退，拉扯頭髮瘋狂嘶吼：「我媽在自殺前說，要我們別恨我爸，因為我們命不好活該受罪。可是我不甘心，不甘心就這麼過一輩子。

為什麼？為什麼是我？

為什麼？為什麼？為什麼？為什麼？」

壓抑多年的情緒，在這一刻潰堤。

退回擺放桌子和椅子的窗臺，藉助牆壁的堅硬支撐起自己的重量，起伏的胸口久久無法平復地喘著劇烈的熱氣。垂放在身側的雙手緊緊地握著拳頭，不斷不斷地顫抖，渙散的眼神讓她看起來就像承受重到了極限的冰面，已經出現閃爍警示訊號的不規則裂紋，隨時都可能在下一秒碎裂、潰散……

江皓辰握起還剩最後幾口的酒瓶，將殘餘的酒精倒入口中，卻不急著嚥入喉嚨，而是讓分布在舌根末端品嘗苦澀的味蕾，完全浸泡在金黃色的液體與白色的泡沫。

十二歲的自己，在幹麼呢？

差不多是小學六年級要升國一的階段吧！

還記得參加人生中第一場畢業典禮的他，是開心的，即使父親和母親全都缺席了那場活動。好像還跟著旅行團出國玩了一趟，買了好多玩具，吃了好多不一樣的食物。

可是就在「江皓辰」享受歡樂的時候，有個比自己大了一歲，叫做「黃以好」的女孩，卻已經歷了被父親拋棄、親眼看見母親自殺，還被債主推入社會底層，遭受不堪的對待和殘酷的歧視。

卻沒有人伸出手救她。

不是說只要不偷不搶，就是份正正當當的工作？

為什麼又以另一套標準，偽善地瞧不起用身體換取存活的那些女孩？她們只是想活下去而已，卻得被整個社會指責？

每一個從腦海閃過的想法都讓江皓辰慚愧得不敢直視對方，直視自己曾經那麼瞧不起也不願意理解，在另一種生活中痛苦掙扎的人們。

於是，在深深地吸了口氣後，對著倚靠在窗邊的黃以妤淡淡地說：「自首吧！」

聽見這三個字的人渾身一震，將茫然的視線投向開口說話的少年。

「自首吧！否則就算能拿到錢還清債務，妳的夢想也不可能實現。」

江皓辰難得用這般冰冷的語氣，說著嚴肅又殘忍的字句。

「任何人都會被貼上各式各樣的標籤，比如性別、種族、長相、家庭，就算妳換了新的地方，以為甩開了過去的陰影，但只要隱藏的祕密有被揭發的一天，這些標籤終究會再次貼回到妳的身上。

雖然我不知道那些人是怎麼說服妳的，但妳唯一能做的就是接受現在的自己，想盡辦法活下去，而不是逃避。」

債務的部分可以申請破產、被暴力威脅可以向警方求救，總之絕非無路可走，國家體制內有許多機制都是為了扶助這樣的人民所設立。」

黃以妤紅著眼眶，孩子般脆弱地看著對方：「為什麼……跟我說這些？」

吐著沉重氣息的人在沉默了幾分鐘後，回答：「因為我們沒什麼不同，只是妳的運氣比較差。」

誰都希望過著無憂無慮的生活，誰都希望自己是故事中的主角而非喪心病狂的殺人魔，可是在那樣的困境下，再善良的人都會舉起罪惡的刀子，只為爭取能夠活到明天的機會。

「是嗎？江皓辰，你果然是個奇怪的傢伙。」

少女的臉上浮出燦爛的笑容，抽出被壓在各種食物下方的刀子，繞過散在地上的深綠色玻璃碎片，握著刀柄用尖銳的利刃劃開綑綁在江皓辰腳踝處的童軍繩，將自由還給被自己拘禁的那個人。

連續幾天都被限制活動範圍的江皓辰，陌生地看著被繩子咬進肉裡，滿是瘀血卻重獲自由的雙腳，一時間還不太習慣這樣的自己。

然後扶著牆壁困難地站直身體，第一次平視曾經威脅他生命的女孩，這才發現原來眼前的這個人並沒有想像中那麼高。

「有一件事，我覺得還是讓你知道比較好。」改成黃以好停頓了一會兒後，說：「告訴我你的資料和生活作息的人，是你媽外遇的對象——坤哥。」

「等等，妳的意思是？」

「你媽每次喝醉都會跟坤哥哭訴關於你和你父親的事情，不過她八成沒想到這些資訊會被坤哥拿來綁架她的兒子。」

「……」

瞬間被塞入過多資訊的江皓辰愣怔得說不出話來，直到黃以好把背包踢到他的腳邊。

黃以好握著刀子走向滿布鐵鏽，從內部反鎖的大門，指著被黑暗籠罩的樓梯間，說：「我要說的就是這些，你把東西拿走吧！離開這棟建築物後順著路走，十幾分鐘後就能看見有人居住的住宅。」

「妳打算自己背負，用自殺結束一切嗎？」

簡單的一個提問，卻讓黃以妤錯愕地瞪大雙眼，不明白江皓辰為什麼能看穿她隱瞞沒說的話？

「黃以妤……」

「快走，我不需要你的同情。」

如果說在經歷了這些事情後她看懂了什麼，那麼，她看懂了貧窮。

貧窮就像永無止境的深淵，縱使奮力掙扎也徒勞無功。

所以她，累了。

累得不想再像被拖出海面的魚兒般奮力跳動，既然最終的命運只是別人桌上的盤飧，那就鬆開抓在懸崖邊緣的手，不再耗費無用的力氣，貪求永遠也得不到的自由。

「如果你真的想幫我就證明給我看，證明像我這樣的人，也會有人願意伸出他的手，在最無助的時候幫助他們。以苓，就拜託你了……」

黃以妤拽著江皓辰的手臂將他推出門外，就像之前送走妹妹一樣，在關上沉重的鐵門前，對著他說。

然後緩緩地將門關上，直到最後一句話從門板的縫隙間鑽出。

「媽……我好想妳……」

在安眠藥作用下的身體像被剪斷提線的木偶，癱軟散落在冰冷的水泥地面。

滴、答……

滴、答……

似乎又聽見記憶中的那個聲音，那個曾經掛在牆壁的圓形銀框，總是在暗得看不清楚臉孔的客廳裡，發出指針走動聲音的時鐘。

還記得，才十歲的自己，站在廚房的門口，看著吞下大量安眠藥的母親倒臥在地板上，已經冰冷的身體。

砰砰砰砰砰！

拳頭敲打在不鏽鋼門板的聲音伴隨著嚷嚷還錢的叫囂，從父親經商失敗離家出走的那天起，三年來，總會在深夜的時候響起。

『姊……』

年紀更小的女孩一手揉著染滿睏意的眼皮，一手拎著折得歪歪扭扭的紙鶴，站在她的背後用稚嫩的童音喊著。

『別過來！回房間去，在我說可以之前不准出來。』

『好。』

直到聽見妹妹關上房門的聲音，才撿起散落在地面的藥丸，走向唯一可與外面聯繫的室內電話，撥打母親告訴過她的號碼，打給和媽媽一同在麵包店工作的領班。

然後對著在響了幾十聲後終於被接起的電話，說。

『王姊，媽咪她死了……嗚啊……』

那次，是她最後一次流下叫做眼淚的東西。

『以好，準備吃飯囉，快來幫爸爸擺碗筷。』

眼前的景象，被切換成更早之前的畫面。

那時以苓還只是在媽咪肚子裡的小嬰兒，還要好幾個月後才會成為家中的新成員。

餐桌上，媽媽忙碌張羅著一家三口的晚餐，爸爸則會把布置碗筷的工作交給她。

模糊的視線內，似乎有個朝自己走來的人影，只是倒臥在血泊中的她，能看見的只有那個人的鞋子。

難道是那個吵死人的小少爺？

或是又不肯聽話而返回這裡的妹妹？

就在最後一絲力氣即將用盡，無法撐住沉重的眼皮看清楚對方究竟是誰的時候，廢棄房屋的空氣中，忽然飄過一股熟悉的煙味。

「爸……」

淚水，瞬間從眼角滾落。

「再說一次……再說一次那個故事給我聽，好不好？」

從前的從前，有一個大從前和小從前說，從前的從前，有一個大從前和小從前說……

拿來騙小孩的故事，已經好久好久都沒聽過。

小時候最討厭亂掰故事唬人的爸爸，現在，卻只想聽這個無限循環的故事。

「從前的從前……有一個大從前……對小從前說……從前的從前……從前……從前……」

沉重的眼皮，緩緩地閉上。

不再跳動的心臟，替所有的一切，畫下終止的句號。

第八章　並沒有遺忘

僵硬的關節就像沒有加潤滑油的機器，任何一點動作就會引起肌肉的劇烈疼痛。最後看了眼暗得難以視物的樓梯間，鼻尖似乎還嗅得到那十坪大的空間裡，充滿的霉味與菸味。短短幾天的遭遇究竟會烙印在心底難以抹滅？還是會很快地被新的記憶覆蓋遺忘？

從天空而下的暴雨彷彿一面巨幅的瀑布嘲笑著人類的脆弱，江皓辰吸了口氣收回目光，然後頭也不回衝入雨中。

衣服在幾秒鐘後全部溼透，沉甸甸地掛在承受重量的肩膀，被帶走熱量的身體冷得直打哆嗦，已經好幾天不曾走動的雙腿要命地在這個時候泛起一陣陣的抽痛。滂沱的雨勢將眼前的景物盡數模糊，無論多麼頻繁地用手抹去臉上的雨水也毫無用處。

是不是跑錯方向？

到底還要多久才能看到能讓他求助的其他人？

「哈……哈啊……哈……哈……哈……」

啪！

重重撲倒在堅硬的柏油路面，黑色的瀝青割開薄薄的皮膚，從微血管湧出的鮮血瞬間被落在身上的雨水沖散。眼前漆黑的景象彷彿科幻小說漫無邊界的黑洞，吞噬周圍的物質與光明。

好想停下來休息，可是重新找回自由的身體卻催促著劇痛的雙腿繼續在暴雨中狂奔。

「啊啊啊啊啊——」

沙啞的喉嚨發出不肯屈服的咆哮，江皓辰仰起臉，讓大雨拍打在眼珠和臉龐，藉助雨水的低溫喚醒已將白旗緩緩舉起、準備向死亡投降的大腦。

活下去！

江皓辰你給我靠著自己的力量活下去！

只有活下去才能改變你厭惡的一切，才能完成你對那個女孩的承諾。

「可惡！可惡！啊──」

咬著牙，強迫自己的兩條腿不斷重複抬起、跨步、抬起、跨步的動作，直到遠處原本模模糊糊的燈火，距離自己越來越近、越來越近、越來越近……

「救我……救救我……救……救我……救我……」

嘶啞的聲音彷彿投入水中的顏料，很快地被音量更大的雨聲沖淡。

啪！

隆起的瀝青勾住已經沒有力氣再抬得更高的腳尖，於是穿著被雨水溼透的厚重外套的江皓辰，再次頭朝下地向前栽去。

「哈……哈……哈……哈……」

迅速撐在柏油路面的雙手雖然免去摔斷鼻骨的慘況，卻也耗盡了最後一分的力氣，只能感受打在背部的暴雨，卻已沒有多餘的力量讓自己和可以尋求救援的燈火距離得更近一點。

「……」

啪！

江皓辰身子一歪，像個被剪斷提線的木偶，瞬間成為散落一地的木片，整個人仰躺在被雨水沖刷的柏油路面。微微掀開一道縫隙的眼皮看著從天空不斷降下的雨滴，聽著從遠處靠近，許多人踩踏在水面的腳步聲，微弱呼吸著得以續命的空氣。

「快！快點叫警察！有人暈倒了！」

「快去快去！」

「這孩子怎麼會出現在這裡？」

「別管那麼多，先把他抱進屋內再說。」

說話的聲音，圍繞著卸去最後一分力氣，完全閉上眼睛的少年。

終於，逃出來了……

終於……

大腦才剛浮現出這句話，江皓辰便隨即去失意識，直到好幾天後才再次醒來。

☾

有人說，雨是神明為了傷心的人流下的眼淚。

有人說，雨是上天為了洗去罪惡而降下的聖水。

但其實只是大自然的降水現象，當由水蒸氣凝結的雲朵達到一定程度的飽和後，就會從氣態轉換成液體、落回地球表面的「水循環」。

「江同學，麻煩你再回想一下，在你被綁架的這些天中，有沒有聽見任何關於共犯的資訊？」

躺在病床上的江皓辰，看著單人病房內的白色天花板，聞著飄散在空氣中的消毒水味道，眼神呆滯地搖頭。

「真的沒聽見嗎？」

「不好意思，本日的會客時間已經結束，請你們離開讓病人休息。」

年紀大約四十多歲的護理長伸出手臂，阻止打算繼續進行詢問的男性員警們，表情嚴肅地開口。

「我們明天會再過來。」

焦躁的情緒反射在重重踩踏著地板的皮鞋，員警們顯然想趁著被害者記憶猶新的時候，問出關於這樁綁架案的各種細節。

然而除了護理長的身分外更是一位母親的女性，卻暗自同情著被驚嚇過度，甚至可能遭受不堪對待的孩子，所以才會拒絕警方長時間的詢問。

等到護理長和員警全都離開單人病房後，江皓辰才從被子下拿出始終握在掌心的智慧型手機，點開始終保持網路連線的狀態，在警察進來房間做相關詢問之前正在觀看，卻被迫按下暫停鍵的新聞畫面。

畫面上，播放著在他昏迷時被媒體蜂擁包圍的醫院大廳，以及站在病床旁接受記者採訪的景象。看著透過螢幕感謝社會大眾與辦案員警的父母，就像在看完全陌生的兩個人，沒有喜悅、沒有安心，就連曾經盈滿胸口的恨，也淡到毫無痕跡。

綁架案就像是在他的生命中強勢放下的轉捩點，逼著他看清很多事情，也讓他做出決定，決定用自己的雙手做些改變。

江皓辰關閉網路的連線按下電源鍵，看著呈現黑屏狀態的智慧型手機，然後握著懸吊點滴的金屬架子下床走到窗臺旁，看著窗外已經放晴、不再降下暴雨的黑夜，和病房樓層下方不斷閃爍車燈的雙線道馬路。

從他醒來以後，對於媒體的採訪請求一律以精神不濟為理由加以拒絕；至於躲不過的警方詢問，則用不記得、不知道做為推諉，連筆錄也只提供最低限度的協助，其餘的，就看員警自己的辦案功力了。

「不知道妳在的地方，是否也放晴了？」

年輕女性的遺體，在曾經當作拘禁肉票的廢棄空屋內被追緝嫌犯的警方發現，確認她就是策劃這起綁架案的犯罪者後，黃以妤三個字就不斷出現在各大媒體的新聞快訊。

看著晚間十點依然車潮川流不息的雙線道馬路，江皓辰覺得自己的胸口彷彿被掏空了般，難受得止不住眼淚。

於是閉上眼，替已經離開這個世界的某個人追悼。

鋪天蓋地的新聞，不斷挖掘這對姊妹之所以成為犯罪者的原因；自詡專家的學者，討論起低收入戶與犯罪的關聯性；久未露面的政治人物，紛紛以悲天憫人的浮誇反應宣揚對於弱勢族群的政策和理念；網路酸民也扮起鍵盤柯南，熱烈討論十九歲的女孩之所以成為犯罪者的原因。

就連接獲警方通知前往確認屍體身分的十五歲女孩，也被肉搜出她的真實姓名和相關資料，直到追逐新鮮感與刺激感的群眾，被政客貪腐、明星夫妻各自通姦離婚、小模遭富家公子偷拍性愛光碟等等更腥羶色的新聞加以覆蓋，對於黃以妤和黃以苓姊妹的揣測與凌遲，才終於從搜索引擎的熱搜排行榜上消失。

就像被主人玩膩厭棄，扔進垃圾桶的破布娃娃。

但，可悲的是即使發生這麼重大的社會事件，那具以人為齒輪、以法律為卡榫，名為「世界」的機械，依舊照常運轉。

氣候異常依舊席捲全球、宗教戰爭依舊看不見終止的盡頭，就連貧窮與富有之間的差距，也像《鐘點戰》這部以時間當作貨幣的電影中演出的那般，貧者越貧，富者越富，在頂端享受財富的既得利益者，毫不關心在底層苦苦掙扎的人們。

於是，不公平的世界也依舊持續著不公平！

一年後

又是一波冷到連指尖的觸感都會變得遲鈍的大陸冷氣團，以十一度的低溫籠罩在這座位於海峽上的島嶼。

氣象局再次發出寒流警戒，提醒週末準備外出的民眾添加保暖衣物，並留意家中長輩或有心臟病病史的患者，防止發生猝死意外。

火車站外，黴菌般的紙箱再次圍繞著建築物的四周增生。

明明不具備保暖功能的東西卻彷彿最珍貴的財產，被準備在這度過夜晚的遊民們小心翼翼地在地面鋪開。

身材不算高眺的少年，穿著白色襯衫和咖啡色背心，外面罩著一看就知道並不便宜的藏青色立領風衣，風衣上還繡著同色系的雙排鈕釦，右手還拎著印了便利商店LOGO的塑膠袋。

沾著泥巴的皮鞋，踩踏著以黑色和白色方格交錯大廳地板，穿過明亮暖和的火車站走進被寒風籠罩的戶外，停下腳步，看著在遊民旁邊絕不離身的家當。

或許是大包小包的塑膠袋、或許是能輕鬆搬運物品的破舊腳踏車、或許是不知打哪弄來，拉桿已經扭曲變形的行李箱。

少年收在風衣口袋裡的左手從口袋抽出，走到其中一個連阻隔地板冰冷的紙箱都沒有，只鋪了幾層報紙的遊民身旁。解開圍繞在脖子上的圍巾，在充滿戒備的眼神下圈繞在那個人的身上，然後舉起勾在右手手指的塑膠袋，對著瞪大眼睛看著比自己年輕的遊民問。

「可以陪我吃晚餐嗎？」

真摯的笑容就像朋友之間最普通的邀請，彎著眉毛和眼睛，靜靜等待對方的回答。

「可……可以……」

不敢與陌生人交集的眼神匯聚到少年的臉上，斷斷續續的聲音，聽得出來已經有一段時間不曾使用過這組詞彙。

「謝謝，我叫江皓辰，你呢？」

主動伸出暖和的左手握住另一隻被黑垢填滿指甲的左手，輕輕地上下晃動。

「我……我叫……」

尋常的對話，在兩人之間一往一來。

沒有輕蔑、不是施捨，而是將對方當成一個普通的「人」對待。

療養院

「妹妹，該吃藥囉，吃完藥後阿姨帶妳出去外面走走好嗎？」

「……」

坐在窗戶前，背對房間門口的女孩拿起裝在小紙杯裡的藥丸配著白開水吞下，但對於出去走走的提議卻用力搖頭，拒絕護士的提議。

就在護士不知道該怎麼勸說她的小病人時，突然看見站在門口的少年，於是用開心的語氣對坐在著椅子上的人說。

「妹妹，妳最喜歡的大哥哥來看妳了。」

「讓我來陪她吧！」

少年拿著十幾包用塑膠袋包裝的正方形色紙走到護士身旁，露出笑容接下照顧病患的工作。

「那就拜託你了。」

護士點了點頭，抱著女孩的病歷表離開以粉藍色油漆粉刷的病房。

「哈囉，還記得我是誰嗎？」

揮手打招呼的人拉了張椅子，也在灑滿陽光的窗臺旁坐下。

然後抽出黑色的正方形色紙，問著因為從得知姊姊的死訊後，就封閉自己，既不哭泣也不肯說話的黃以苓。

女孩如同以往，一語不發且失神地看著某個方向。

「我今天帶了色紙過來，要不要一起摺紙？」

他晃了晃手上色紙，黃以苓奇蹟似地有了些許反應，儘管沉默不語卻看著色彩繽紛的紙張。

「還記得……關於千紙鶴的傳說嗎？」

某些回憶浮上腦海，江皓辰勾起一抹微笑，自顧自地說著。

「據說在日本有一種說法，只要摺滿一千隻紙鶴，就能許願，所以……」

江皓辰一邊說，一邊用色紙摺出各種顏色的紙鶴。

曾經，他偷走女孩能對千紙鶴許願的機會；這次，等到摺滿一千隻後，他要把許願的機會，還給對方。

還給教他怎麼摺出漂亮紙鶴的黃以苓。

後日談　廢棄的空屋

四年後

「已經四年了嗎？」

江皓辰傾斜手裡的黑色雨傘，仰著臉任由雨水拍打在他的臉龐，降雨的冷天就和四年前離開這裡時，一模一樣。

說也奇怪，每年到了這個時候總是同樣的天氣，無論前天或隔天是否放晴，但在這「特別」的日子裡都會變臉般驟降大雨。

早被廢棄的建築物，因為曾經發生過的重大刑案變得更加荒涼，甚至還有鬧鬼傳言，說只要到了晚上就會看見一個圍著圍巾的女孩，披著讓人不寒而慄的長髮，飄盪在嚥下最後一口氣的地方。

『皓辰，好好選擇你想要的人生，不要成為你的父親，也不要成為另一個我。』

曾經，母親對他說過這樣的話。

所以當他在醫院醒來後，便決定從那天起要好好做出選擇，比如選填的大學、就讀的科系、要和誰成為朋友、要去哪裡認識哪樣的人，以及接下來長達五十、六十年，甚至更久更久的人生！

「黃以妤。」

深深的嘆息，從江皓辰的喉嚨透出。

握著傘柄的手，將歪斜的黑色雨傘移回頭頂的正上方，臉頰終於不用被雨水打得發疼，身體也不再因為被消耗體溫而顯得冰涼。

關於「黃以妤」的拼圖在他認識「王姊」之後，湊齊了最後的空缺，和姊妹倆說過的版本大致相同，卻多了關於「母親」的部分。

無助的女人承受著被信賴的丈夫拋棄，以及突然成為家中經濟支柱的重擔，於是精神狀況一天不如一天，卻沒有多餘的錢讓她接受治療。

每到深夜就會響起的撞門聲和咆哮還債的聲音，讓站在情緒懸崖邊緣的人，覺得結束生命是唯一能得到平靜與解脫的選擇。

最後，她終結了自己的呼吸，微笑走向另一個世界，卻將所有困難自私地留給只有十歲和六歲的兩個女兒。

「我永遠都無法原諒她。」

王姊憤怒又傷心地說著這段往事，她說自己怕是到死也忘不了那支在半夜響起的電話，傳來女孩稚嫩的童音，一邊大哭一邊對著她說。

『媽媽……媽媽死了……媽媽死了……』

「我勸過以好好多次，要她別相信那些人的鬼話，只要安安分分在店裡幫忙就有基本的薪水，有王姊在就不會讓她們餓死，可她就是不聽！就是不聽！」

激動的語氣，流著淚水絮絮叨叨重複曾經說過無數次的話，然而江皓辰也明白黃以好依舊只能選擇犯罪的理由。

眼前的婦人也不是多麼有錢，能夠看在和母親的交情提供工作與棲身的地方已經十分難得，大部分的「朋友」連這樣的程度都做不到。

但除了生活的基本開銷，她們還背負著父親留下的龐大債務，那些眼裡只有錢的債主們，可是連將未成年少女推入火坑這種事情都做得出來。看起來冷酷，卻十分保護「家人」的黃以好，又怎麼可能連累對她來說如同第二個母親的王姊？

所以，她依然只有一種選擇。

成為聽從坤哥命令的棋子，從那條施工中的暗巷綁架一個名叫「江皓辰」的十八歲少年。

「對不起，今天補習班晚了二十分鐘才下課。」

另一個在約定時間來到廢棄建築物前的，是已然十九歲的黃以苓，穿著大衣的少女撐著同樣的黑色雨傘，從遠處緩緩地朝著江皓辰走來。

姊姊的死訊、再次被親人拋棄的痛苦，讓她封閉自己的內心，不哭不笑，也不說話，彷彿以皮囊為界，分離出裡面與外面的兩個世界。

被送進療養院接受治療的她，是護士眼中最安靜也最讓她們心疼的病人。相較其他病患宛如不定時炸藥般的抓狂或尖叫，黃以苓總像個精緻的洋娃娃，由著志工或護士推著她的輪椅前去能晒到陽光的花園，然後幾個小時動也不動地凝視著正前方，直到再次被推回病房。

沒有人知道，她在想什麼？

又或許「黃以苓」早已抽空了人類該有的情緒與思考，就像夏天結束後遺忘在樹幹上的蟬蛻，轉化成另一種形式的生命，飛舞在皮囊之內的世界。

不曉得是否因為追隨著黃以妤的靈魂，眼前的女孩也開始蓄起了及肩的長髮，溼潤的空氣讓有些重量的長髮沉沉地垂放在兩側的肩膀，就像她從開朗單純，變得沉默寡言的個性。

「最近好嗎？」

「嗯，在準備考試。」

江皓辰看著十九歲的黃以苓，和「她」自殺時同樣年紀的黃以苓，開口問起最普通也最平凡的話題。

在王姊和他的陪伴下，一度反鎖的心門逐漸敞開，封閉自我的人也開始重新成長，就像小孩子般學習說話、生活中的基礎技能，也學習面對過去的傷疤。

漸漸地，掏空的軀殼再次注入了靈魂，並且在社會局的協助下讓她重拾課本回到校園。雖然比同年齡的人已然落後許多，卻仍努力趕上他們的腳步，追回被迫空白的那些時間。

「皓辰哥呢？最近還好嗎？」

沒有起伏的語氣，透著只有最親近的人才能感受到的微溫。

看在四年來以一個大哥哥甚至是半個監護人的身分，陪伴女孩走過許多情緒與治療過程的江皓辰，只有滿滿的心疼與愧疚。

心疼她失去的笑容，愧疚自己如果當年再更堅定地去說服黃以妤，領走他銀行帳戶內的存款、跟妹妹一起逃離被人操控的命運，是否就能挽回逝者的生命？挽回女孩再也找不回來，擁有溫度與幸福感的甜美笑容？

然而在經歷了這麼多事情之後，又有誰能不改變？

看著眼前的女孩，江皓辰忍不住想起他們之間第一次的對話。

『妳是誰？』

『不、不要動！』

充滿防備的警告，握著刀子卻不斷發抖的雙手，卻讓生活在不同環境下的兩個人出現交集。

「還好。」

看著站在屋簷下方的黃以苓，一千四百多天的時間，同樣從江皓辰的身上帶走了許多東西，比如嘴賤式的調侃與冷眼旁觀的態度。

現在的他，生活的重心不再只有上課和打遊戲，選讀社工科系的相關課程，並利用課餘時間實際加入志工的行列。

從前，覺得志工這種東西簡直愚蠢至極，沒有支付薪水的工作只是自我感覺良好的假象；現在，卻珍惜每一個能伸手助人的機會。

越是深入社會底層的黑暗角落，就越能體會這些人面對的困難。

就像以為都是好吃懶做才淪落街頭的遊民，其實每個人身上都背負著一段不為人知的故事。

有人曾經是工廠的老闆，卻因為大環境的變化慘遭淘汰，百萬甚至千萬的存款瞬間歸零。

有人從出生起就是散落一地的碎片，吸毒的母親、犯罪坐牢的父親、看似善良卻隱藏性侵黑數的教養院體系，於是從十幾歲開始就只能靠著逞凶鬥狠保全自己。

有人從另一個地方嫁來這片土地，本以為到了富裕能吃飽飯的國家，還能賺錢供養娘家，卻成為連皮肉錢都拿不到的暗娼；而與她生下孩子的丈夫，正是將自己推落火坑的那雙黑手。

有人因為罹患需要龐大醫療費用的精神或慢性疾病，而被自己的家人捨棄，無法正常工作的身體除了跪在地上乞討，似乎也想不出別的辦法。

『你們這些該死的有錢人！』

曾經，某個人對他破口大罵，說有錢人不懂別人的辛苦全都該死。

當時他氣憤反駁，認為窮人是因為天生懶散，就算給那些人正經的工作也做不長久，就像兔子只能扮演跑給狩獵者追逐吞噬的角色；因為牠們從不肯轉身對抗命運，所以只能繼續蜷縮在社會底層，到死都無法翻身。

可是現在的他，選擇走下劃分階級的臺階，沉默地牽起每一雙需要幫助的手，努力用自己微薄的力量做出一點點的改變。

『如果你真的想幫我，就證明給我看。證明，我們這樣的人，也會有人願意伸出手，幫助我們。』

黃以好最後的這句話，刀刻般刻畫在他的心中。

或許這個世界仍有太多太多的不公平，太多太多沉重的陰暗角落，但只要每個人都願意付出一點點力量，哪怕力量微薄得連自己都會質疑是否原地踏步徒勞無功，但只要願意正視，就一定能在未來的棋盤上發生變化。

「唉，我們上去吧！」

「好。」

太多的回憶與情緒，最後全都凝結成一聲長長的嘆氣，和黃以苓雙雙收起被暴雨溼透的黑色雨傘，推開早已無法上鎖的大門，走進被黑暗籠罩的樓梯間。

提著印著便利商店ＬＯＧＯ的塑膠袋，發出窸窸窣窣的摩擦聲，一重一輕的腳步踏著水泥階梯拾級而上，來到曾經發生悲劇的地方。看著被拆除後倚靠在陽臺欄杆、布滿黃色鐵鏽的金屬門板，踏進被封鎖線交叉阻擋的空間。

「姊，我們來看妳了。」

黃以苓提著裝了蛋糕和點心的紙盒，踩著依然凹凸不平的水泥地板，走到放在窗臺旁邊，放了重物還會發出咿呀聲音的老舊木桌，拉開被一年份灰塵遮去顏色的椅子，把紙盒放在椅面。

「還有酒。」

江皓辰跟在黃以苓後面，把塑膠袋放在桌上，從袋子裡拿出玻璃瓶裝的啤酒，對油漆剝落的牆壁淡淡地說。

低沉的聲音在寧靜的廢棄房屋內迴盪，四年來都不曾打掃的地面散亂著不同年份與月份的報紙，還有幾本當年黃以苓來不及拿走的書本，就連桌子下沒有被發現的鮮黃色的紙鶴，也依舊斜倒在原來的地方。

牆上的日曆，停留在民國七十八年八月三十日的星期五。

讓人忍不住皺起鼻子的霉味，在潮溼的環境裡證明它們更早出現於地球，即使人類滅亡也依舊存在的生命力。

卻少了被打火機點燃後，會飄散在空氣中的煙味。

「痛！」

原本打算仿效某人用牙齒咬開瓶蓋的動作，卻因為不熟練而讓鋸齒狀的金屬邊緣刺破下排門牙內側的牙齦，滲出讓口腔充滿鐵鏽味的鮮血。

「噗哧！你果然比姊姊遜多了。」

女孩轉過頭，在看見另一個人的窘態後忍不住發出笑聲。

「是嗎？」

江皓辰苦澀地彎起嘴角，放棄仿效黃以妤的帥氣舉動，拿出塑膠袋內的開瓶器卡上密封的金屬蓋子。接著便聽見「哧」的一聲，發出氣泡從瓶口釋放的聲音，然後將足足半瓶的金黃色液體傾倒在乾燥的地板。

同一時間，黃以苓也打開裝著蛋糕和點心的紙盒，並且從外套口袋拿出打火機和有著藍色包裝的香菸，抽出其中一根菸，點燃後擺在不鏽鋼的窗框。

「姊，這個蛋糕是以栗子泥做的蒙布朗，又叫做白朗峰，因為覆蓋在蛋糕上的栗子泥就像一座小山，而灑在上面的糖粉則像飄落在白朗峰峰頂處的靄靄白雪。旁邊那個是閃電泡芙，是把卡士達醬填入長條狀的泡芙裡面，然後……」

「妳還好嗎？本來要給妳的那筆錢，我這幾年陸續用妳的名字捐贈給育幼院的孩子們。這些信，就是那些孩子們親筆寫下，要感謝送他們文具和書包的『以好姊姊』。」

放在木頭桌子上的卡片和手寫信，用歪歪扭扭的注音符號滿載著孩子們對大姊姊的感謝。

漆黑的廢棄屋內，兩個人對著空氣說著自己想對某個人說的話。

祭奠生命永遠停留在十九歲的黃以好。

☾

架在不鏽鋼窗框上的香菸在燃燒至濾嘴後，熄滅了飄著白煙的紅圈。

「走吧！」

江皓辰抓起裝著啤酒空瓶和摺疊後的蛋糕紙盒，用空出來的另一隻手替女孩圍好有些鬆落的圍巾，輕輕地說。

「嗯，姊，我們明年再來看妳。」

「黃以妤，明年再見。」

兩人看著空盪盪的廢棄空屋，道別。

塑膠袋窸窸窣窣的摩擦聲再次從空盪的樓梯間內響起，不過這一次踩踏在階梯上的腳步聲，卻是朝著一樓的大門走去。

建築物外，方才還滂沱傾盆的大雨，不知道從什麼時候起已經停止，只剩下柏油路的凹陷處蓄積著能證明雨勢的水窪。

雲層透出冷冽的月光，指引著通往市區道路的方向，哪怕既模糊又不明亮，卻能讓行走於夜裡的人們不再恐懼，也不再害怕。

就像在黑夜之中，永不熄滅的微光。

後日談　另一種選擇

育幼院

「林、晨！又是妳！」

大約十或十一歲左右的小女生，氣急敗壞地對著另一個年紀相仿的女孩大吼。

「怎麼了？」

負責照顧孩子的修女被吵鬧的聲音引來，才站到教室的後門就看見一道瘦弱的黑影從她的身側竄出教室，還來不及抓住被大聲喊出名字的主角，就被教室裡的其他學生包圍，你一言我一語地說起剛剛發生的事情。

撲通！

育幼院附近的公園有個橢圓形的池塘，池塘上橫跨著用石頭砌成的拱橋，水裡養著許多白色和黃色的錦鯉。

撲通！

女孩又一次撿起石頭扔進池塘，看著在水面激出的水花，咬著嘴唇不讓哭聲被旁邊的陌生人聽見，卻止不住從兩頰滾落難過又不服輸的眼淚。

『妳就是沒有人要的小孩，妳就是！』

『我不是！我不是我不是我不是！』

『會在育幼院的都是爸爸媽媽不要的小孩。』

『才不是！他們說過會來接我，他們說過的。』

『那他們有說什麼時候來接妳嗎？』

『他們……他們說……他們說……』

『看吧！妳和我們一樣，都是沒有人要的小孩。』

『我跟你們不一樣，我不是沒有人要的小孩，我不是！』

幾分鐘前和小姊姊吵架的對話，不斷地在耳邊反覆。

「我不一樣……不一樣……嗚……」

抱著膝蓋蹲在池塘旁的女孩用力握著捏在掌心的石頭，更多的眼淚不斷地從眼眶流出，彷彿下雨時蜿蜒在玻璃窗上的痕跡，一道道刻畫在稚嫩的臉龐。

另一隻手輕輕摸著自己已經泛出油光的頭髮，想像這就是媽咪的手，而她正被好幾個月沒見到的媽媽溫柔地保護著。

「林晨？終於找到妳了。」

蒼老的聲音透著終於把人找到的安心，一邊喊著女孩的名字一邊走向蹲在水池旁，瘦弱又無助的身影。

「嗚……嗚啊……院長奶奶……院長奶奶……」

小小的身軀在聽見熟悉的聲音後迅速地站了起來，然後轉頭撲進年紀已經有六十多歲的育幼院院長奶奶的懷中，哽著滿臉的鼻涕和眼淚開口。

「怎麼了？」

「爸爸是不是不要我？媽媽是不是不要我？為什麼他們都不來接我回家？院長奶奶，晨晨不想當沒有爸爸和媽媽的孤兒……不想成為沒有人要的小孩……嗚……嗚啊……嗚啊……」

說完這句話的女孩，張著嘴巴放聲大哭。

院長緊緊摟著哭到滿臉漲紅的孩子，彎腰親吻已經好幾天沒有洗過的頭髮，回答：「孩子，耶穌說『我必不撇下你，也不丟棄你』，所以不哭不哭，晨晨不會是沒有人要的孩子。妳看，奶奶這不就是因為擔心晨晨，找了好久才終於在這裡找到妳嗎？」

「嗚……嗚嗚……嗯嗯……」

哭得兩眼紅腫的小臉，忘了剛才的無助與恐懼，仰著頭，看著院長奶奶額頭上的皺紋，認真地點了點頭。

刻畫歲月痕跡的臉上，彎起包容與耐心的微笑，說：「不過晨晨剛才把小姊姊打傷了，是不是該回去跟小姊姊道歉？」

「可是她說，她說我是爸爸媽媽不要的小孩……」

倔強的眼神閃爍著心虛的色彩，她知道打人不對，卻也覺得小姊姊的那句話是錯的。

「那這樣好不好？」

院長奶奶鬆開摟住孩子背後的手臂，蹲在地上平視哭到眼睛紅腫的林晨，抹去她的眼淚，語氣和緩地說。

「晨晨跟奶奶回去，先和小姊姊道歉。因為打人是不對的，我們都是彼此的家人，不可以因為不開心就出手打自己的家人。

然後奶奶也讓小姊姊和妳說對不起，因為晨晨不是沒有人要的小孩，她不可以這樣子說妳，好嗎？」

林晨用力點頭，說：「我，我會跟姊姊說對不起……」

孩子的情緒總是來得快去得也快，不像大人那麼複雜，只要聽見對方說一句對不起，就能像用橡皮擦擦拭過的作業簿，完全忘掉之前發生的爭執。

「晨晨好棒，來，來牽奶奶的手，奶奶帶妳回去。」

不再光滑甚至有著斑點的左手，伸向雖然仍掛著淚痕卻已經露出笑容的孩子。

「好。」

女孩把自己的手放到院長奶奶的手中，就像真正的孫女和奶奶一樣，還會在走路的時候提醒膝蓋不好的院長奶奶小心凹凸不平的人行道。

「不好意思，還讓妳代替那個落跑去約會的傢伙。」

江皓辰撓著臉頰，對走在右邊的黃以苓不斷道歉。

社工系的同學明明就和他約好，接下來六個禮拜的假日都要擔任育幼院的義工，除了負責指導功課，還要說故事給年紀更小的孩子們聽。

結果正在熱戀的男生卻在前一天發來訊息，表示因為要陪女朋友看電影，所以沒辦法跟江皓辰一起去育幼院。害他只能去問黃以苓能不能頂替臨時落跑的傢伙，一起陪伴那些失去家庭溫暖的孩子，沒想到對方立刻答應，還說如果需要的話，幫忙六個禮拜都沒問題。

「真的太感謝、太感謝妳了！」

江皓辰合起雙掌，對著替自己解圍的女孩道謝。

黃以苓俏皮地眨眨眼睛，提出對方可以接受的對價：「不過皓辰哥得請我吃飯。」

「沒問題，只要是來擔任志工的那幾天，妳想吃什麼我都請客。」

「謝謝皓辰哥。」

於是兩人一邊聊天一邊穿過育幼院的鐵門，在聽完修女解釋孩子們的大概狀況後，江皓辰提出依照年紀分成兩個班級的建議。小學三年級以上的孩子，由他負責指導功課和寫作業；更小的孩子則交給黃以苓照顧，擔任說故事大姊姊的工作。

修女微微一笑，領著兩人來到孩子們學習的地方，在簡短介紹完每個孩子的名字，以及怎麼稱呼兩位大哥哥和大姊姊後，便照著江皓辰的提議，將不同年紀的孩子分別帶往不同的教室。

孩子們在聽完修女的安排後全都乖乖地站了起來，或者走向另一間教室，或者在原來的教室裡換到自己更喜歡的位置上坐好，等著來幫忙指導功課的皓辰哥哥，協助他們完成學校的各種作業。

除了一個女孩。

江皓辰看著兀自沉浸在自己的世界裡，把各種色彩塗滿畫紙的某個女孩。

不像其他育幼院的孩子早就看透「自己沒有任性的本錢」的法則，於是選擇了服從與聽話，因為只有這樣才能融入團體不被排擠，也能讓來到育幼院想要領養孩子的大人們更容易挑中他們。

大人，總喜歡聽話的孩子。

就像每種遊戲都有它的規則，而「聽話」，是唯一能有機會逃離這裡，讓自己不再是沒有人要的孩子的遊戲規則。

「還有沒有別的問題？沒有的話，今天的補習時間就到這裡結束，下個禮拜皓辰哥哥還會再過來跟你們一起寫功課。」

「謝、謝、皓、辰、哥、哥！」

整齊劃一的感謝，卻讓江皓辰十分不捨。

只有八、九歲甚至還不到的年紀，就已經失去孩子的天真與任性，圓融地像個老練的成人，精通社會上每一條的遊戲規則，並隨時警惕自己無論情緒抑或言行舉止，都不可以超過名為規則的那道分界。

讓自己符合「聽話」的標準、讓自己不被討厭、讓自己得到更多的喜歡。

「喂！」

江皓辰走向坐在教室最後一排，兩個小時下來不是畫畫就是看著窗外風景發呆的女孩，拉開她正前方靠在倒數第二排書桌下方的椅子，抱著椅背反身坐在女孩的對面。

「喂，妳都不做功課嗎？還是我們剛才討論的內容妳都會了？」

女孩驕傲地抬起下巴，對著江皓辰回嗆：「哼！我才不需要你。」

「呦，小天才，那妳把學校的作業本拿出來我看看，看看妳是不是真的不需要我幫忙。」

「才……才不要……」

「不、要？不要就表示妳根本沒寫功課。」

拒絕的聲音顯得有些慌亂，江皓辰抱著木頭椅的椅背，挑高眉毛看著明顯撒謊的孩子。

「等爸爸媽媽接我回家以後，他們會教我寫。」

江皓辰沉默地看著女孩稚嫩的臉龐，看著那心虛卻又堅持相信的眼神。

回家這兩個字是她僅存的信念，就像抓在岩壁邊緣的雙手，一旦放開就會摔得粉身碎骨。

所以她必須相信，相信把自己送來育幼院的爸爸和媽媽，終究會在未來的某一天帶她回到溫暖的家。

「喂，妳叫什麼名字？」好奇問起對方的名字。

「林晨。」

「原來妳叫林晨啊？那妳會不會寫自己的名字？如果不會寫的話，大哥哥教妳好不好？」

「當然會啊！可是我為什麼要寫？」

「不寫，就把作業拿出來讓我檢查。」

「哼！可惡，寫就寫！」

江皓辰看著林晨不耐煩的反應、戒備又銳利的眼神，還有不肯示弱的倔強脾氣，都像極了記憶中的「某個人」。

於是拿了張給孩子們練習數學習題的白紙和一枝自動鉛筆，一併放在女孩面前的桌上，看著她壓下自動鉛筆的頂蓋，用細長的筆芯在紙上書寫自己的名字。

江皓辰走向另一間教室，把正在對小朋友說故事的黃以苓帶到林晨的面前，低著聲音說了幾句話，黃以苓紅著眼眶看著一臉倔強的女孩，勾起微笑。

臺北火車站

被稱為首都地標之一的火車站外，以紙箱區隔的空間彷彿增生的黴菌，縮時攝影般出現在這個從上世紀開始就已坐落此處的建築物周圍。

明明不具備保暖功能的紙箱被折起疊放在靠牆處的地面，讓出不妨礙路人行走的空間似乎是這群人默默遵守的規範，如同在天亮之後，在第一班清潔人員過來驅趕之前，他們便會收起棲身的箱子隱藏到其他人看不見的角落。

直到，下一個夜晚降臨。

以紫色為底色，用白色字體書寫著「人安基金會」這五個字的旗幟豎立在金屬製的沉重旗座。

穿著紫色滾紅邊背心的志工們站在臨時搭起的三角形帳篷下，用笑容分送半個鐘頭前送達平安站的愛心便當。

送來兩百個便當的便當店老闆，很早就加入守護街友的行列，如今已成功撐起一間小店的他，幾年前也曾在街頭流浪。

看著從眼前或身旁走過、大批大批的人們，將他當成某種隱形的東西或是蛆蟲般噁心的存在，只有身穿紫色背心的志工，用對待「人」的溫暖，對他。

不僅發送食物還教他如何烤地瓜，透過一枚一枚的銅板賺回一點又一點的尊嚴與堅強。然後透過更多的支援，在四十歲的中年踏入職業訓練所，握起沉重的鐵鍋在兩百多度的火焰威脅下，從三張桌子的路邊攤翻炒出三十多坪的自助餐店。

或許，他記不得從前的瑣事；卻忘不了抱著手臂咬著牙齒，靠著紙箱和報紙對抗寒流的街頭生活。

從被拯救，到有能力幫助別人。

已經四十六歲的大叔不像有的成功者亟欲抹去過去的不堪，反而回頭穿上紫色紅邊的志工背心，用自己能付出的力量伸出平等對待的手，就像當年帶著笑容將熱騰騰的便當放到他掌心的那雙手。

改變，另一個人的命運。

「阿姨，這是妳的便當，」

「叔叔，便當要趁熱吃喔。」

輕柔的聲音穿梭在以紙箱隔開的空間。

和救助遊民的平安站志工們站在一起，穿著背心傳遞捐贈者提供的便當，這抹纖瘦的身影在一群大人中顯得非常特別。

「志工阿姨，請再給我幾個便當。」

發送完手上最後一盒的排骨便當，已經滿頭大汗的她不但沒有停下來休息，還立刻衝回三角形的帳篷下，撐開用來裝便當和免洗筷的環保提袋，對著不斷從阻隔熱度的保麗龍箱子拿出一盒盒便當的女性志工說。

志工阿姨把孩子招呼到折疊桌子的後方，拿了罐礦泉水轉開瓶蓋，心疼地問：

「以芩，妳要不要喝口水休息一下？」

「謝謝阿姨。」

接過寶特瓶咕嚕咕嚕灌了幾口後，握著環保提袋的雙手再次舉了起來，眼巴巴地看著對方。

「來，給妳。」

「謝謝。」

女性志工對著以芩笑了笑，把足足二十份的排骨便當和免洗筷放進環保袋內。

如同平安站的成立宗旨，不用「流浪漢」這種充滿歧視的字眼稱呼在街頭維生的這群人，而稱他們「街友」或者「寒士」。

雖然清寒，卻仍是朋友。

同樣地，每一位前來支援的志工們，無論男女、無論老小，都必須認真擔起分配到的工作。

任何選擇，都有它必須承擔的結果。

而擔起選擇的結果，才會懂得何謂堅強。

「叔叔，這是很好吃的排骨便當喔！」

「謝謝妹妹。」

有肉有菜還有半顆滷蛋的排骨便當，被放在一名有些年紀的街友面前。

被黑色汙垢填滿指甲的雙手，突然伸向來不及後退的黃以苓，然後握住她的手，用力地上下晃動。

「不好意思，妹妹我……我不是有意要嚇到妳……我已經好久都沒吃到有溫度的食物，我、我太開心了……太開心了……對不起……對不起……」

坐在紙板上的街友突然發現自己的行為會嚇壞眼前的孩子，於是迅速鬆開髒兮兮的手，慌亂地在面前揮舞。

不知道該如何回應的黃以苓傻愣愣地站在原地，卻聽見一直跟在旁邊默默守護她的江皓辰，自然又溫暖地跟對方說話。

「別這麼說，謝謝你願意接受我們送出的便當。」

然後從提在手中的塑膠袋裡，拿出同樣來自善心捐贈的圓形麵包，兩個一組地放在便當的塑膠盒蓋上。

「謝謝，謝謝你們，謝謝你們。」

哽咽道謝的街友，不停地對著江皓晨和黃以苓彎腰鞠躬，浮著水氣的眼眶下，也是一段說不盡道不完的故事。

如果有別的選擇，誰不想成為有錢有勢的主角，就像偶像劇中狂霸酷炫跩的總裁，出入高級餐廳、乘坐高級名車、住在高地價的豪宅？

『反正這個世界，本來就不公平。』

每當做出一點努力，或者又朝目標艱難地貼近一步時，黃以苓總會想起姊姊最常掛在嘴邊的這句話。

世界，確實充滿著不公平。

但並非全部，也不是沒有逆轉的可能。

以前，覺得姊姊說的話就是對的；直到長大後才發現，其實有太多事情就連姊姊自己也不明白。

比如她們可以申請破產或拋棄繼承，在法律上與父親的債務劃清界線；比如當姊姊被押去酒店陪酒的時候，可以去警局求救；比如當債主用債務威脅她們走上綁架一途的時候，社會上其實有很多很多協助弱勢解決危難的機構，等著需要的人發出求救訊號，隨時準備伸出支援的手。

然而真正需要這些資訊的人，卻往往是最不清楚有哪些管道可以求救的那一群。資訊的不對等，不是他們應該承擔的結果。

而是整個扶助體系必須更有效率，以更簡單明瞭的方式，將所有的資訊傳遞到社會的每個角落，比如透過教育、透過各種網路平臺，甚至藉由鄰里的在地化互助，將支援的雙手主動伸向每個可能需要幫助的人們。

否則在資訊不對等甚至資訊匱乏的情況下，就像走在森林中遇見的每個岔口，明明有更好的選擇，最終卻只能走向最差的那一條路。

黃以苓用力地吸了口氣，緩降在腦中翻騰的各種情緒，然後看向江皓辰。

「皓辰哥，我們的便當也還沒有吃，在這邊一起吃一起聊天好不好？」

「好啊。」

江皓辰點點頭，轉身去拿便當。

「我們可以和你一起吃飯嗎？」

「嗯……嗯嗯……嗯……」

浮著水氣的眼眶，再也承受不住眼淚的重量，在臉頰落下兩道感動的痕跡。

不可思議的一幕，被從旁邊拉著行李箱經過的旅客看見。

卻也只是快速瞥了一眼便立刻收回目光，彷彿怕沾到什麼恐怖的病菌，加快腳步拉著行李廂的拉桿，踩著高跟鞋繼續走向既定的路線。

「好香喔！」

江皓辰拿了兩個便當走回來分給黃以苓，坐在用紙板阻擋瓷磚冰冷的地上，打開排骨便當的塑膠盒蓋，飄出讓人大流口水的香氣。

這裡，不僅有食物的熱度，還有人的溫暖。

即使做出的努力就像渺小的微光，不足以驅散黑暗。
卻能讓身處黑暗中的人們，看見一道堅定而不熄滅的——
希望！

「林晨！」
伴隨高分貝的怒斥與尖叫，引發躁動的教室再次從後門快速鑽出一道瘦弱的身影。
正好來到育幼院準備指導功課和說故事的黃以芩和江皓辰，對著正在教室裡安撫孩子們的修女揮了揮手，表示讓他們去追那個跑出去的孩子就好。
修女感激地點點頭，抱住被打到流鼻血的男孩溫柔哄著，站在周圍的孩子們也紛紛發出對林晨的抱怨與責難。
撲通！

公園的池塘邊，無辜的石頭又一次慘遭毒手，一個接著一個被投進墨綠色的水中。

「怎麼又打人啊？妳這個暴力女！」

調侃的語氣伴隨貼在女孩左邊臉頰的冰涼觸感，讓她下意識地回過頭，看著跟她說話的大哥哥。

「來，來這裡坐，我請妳喝可樂。」

江皓辰拉開易開罐的拉環插入透明的塑膠吸管，走向已經坐在石椅上的黃以苓，拍了拍在他們中間的空位，邀請正在鬧脾氣的女孩。

禁不住可樂的誘惑，林晨乖乖地坐在大哥哥和大姊姊的中間，捧著被放到手中的鋁罐，用吸管大口大口喝著已經有一段時間都沒喝到、冰冰甜甜的碳酸飲料。

「說吧！為什麼打人？」

上次打人，是因為另一個女孩說她是沒有人要的小孩；這次把少年仔打到流鼻血，又是因為什麼？

「他就快有新的爸爸和媽媽了。」

林晨口中的「他」，就是被她一拳KO的那個男孩。

「原來如此。」江皓辰抿著嘴，點頭表示理解。

印象中那是個長相秀氣又有禮貌的孩子，身上的衣服也總是整整齊齊，如果不特別說明，很難看出他是個從小嬰兒開始就住在育幼院的孤兒。

「聽話」的遊戲規則，又一次施展它的魔力。

乖巧的男孩，成功地被人領養；而最想「回家」，也為了回家做出許多改變和努力的林晨，卻被淘汰。

「皓辰哥哥，是不是只有我……沒有人喜歡……」

現在的她，已經從期待自己的爸媽將她接回原來的家，轉為期待被新的父母收養，哪怕需要適應嶄新的環境，卻阻止不了小小的孩子對於「家」的渴望。

「……」

彼此交換了個眼神的黃以芩和江皓辰，由自認嘴賤的後者率先開口。

「晨晨，妳知道嗎？如果總是等別人來喜歡妳，那妳永遠是『被選擇』的弱者。所以妳應該先喜歡自己，把自己變得強大，成為擁有選擇權的那一方，這樣才不會因為沒有被選上而失望。」

林晨瞪大雙眼，看著在課堂上總是和他們嘻嘻哈哈有說有笑的皓辰哥哥，突然用嚴肅表情說著她其實並不太懂的話。

「等待，只會盼來失望，因為別人可以『給妳』，也可以『不給妳』。如果妳在『得到』的時候開心，在『得不到』的時候難過，那麼永遠都只是別人手中的提線木偶，只能倚靠別人給你的評價證明自己的存在，然後在反覆的期待與落空中成為依舊被拋棄的那個，知道為什麼嗎？」

林晨搖搖頭，漂亮的眼睛裡浮出被戳中痛處的淚水。

「因為『命運』這種東西本來就要靠自己爭取，不可能透過別人給予。」

「沒錯。」

隔著女孩坐在石椅最左邊的黃以苓，深深吸了口氣，點頭贊同。

「你們……你們又不懂，我……我……我……」

反駁的聲音虛弱得像個瀕臨死亡的老人，她只是想要被人疼愛，難道做錯了嗎？她不是貪心的孩子，為什麼總得不到最想要的東西？

「不，我們懂，因為皓辰哥哥和以芩姊姊，也曾和妳一樣盼望別人的施捨，卻從來不想靠自己的力量堅強。」

瞪圓的雙眼，愣愣看著說出這句話的大哥哥，接著把臉轉到另一個方向，看著對她露出淡淡笑容的大姊姊。

「晨晨，想聽聽我們的故事嗎？」

江皓辰摸摸女孩泛著油光的頭髮，等著她的回答。

「想。」

「那就以芩姊姊先說，然後再換我說。」

「嗯。」

筆直的吸管，吸空鋁罐裡的最後一滴可樂，發出空氣被抽離的聲音。

「晨晨，我曾經有個姊姊，她的個性和妳幾乎一模一樣。」

「真的嗎?那她叫什麼名字啊?」

「她叫以好，黃以好。」

故事，總是從很久很久以前開始。

然後持續到很久很久……

很久的，以後。

【完】

作者後記

　　感謝《夜光　A Light in the Dark》團隊的信任，很榮幸接下這次的遊戲改編企劃，同時感謝努力促成此次合作的責編，讓我如願接觸到另一個不同的領域，並跟隨專業團隊學習到嶄新的創作類型。

　　既是改編小說，免不了會被拿來跟遊戲本身做比較，但其實每一種類型的創作都有它的特點。

　　比如遊戲的音效和畫面，能讓玩家快速進入遊戲的情境；而小說則能透過文字的描述，將主角們深層的背景與心理因素，讓讀者隨著劇情的展開自行挖掘。

在此特別感謝原編劇張恆老師的大力支持，讓我能有機會替這部題材特別的遊戲增潤不同的色彩，說出關於江皓辰、黃以妤、黃以苓，以及他們之所以做出不同「選擇」的，遊戲背後的故事。

回到故事本身，以綁架為主軸，特別是綁架犯還是女孩子的故事，著實特別。

究竟基於怎樣的理由，導致一個只有十九歲的女孩子走向綁架這種極端性犯罪？創作團隊又是如何以遊戲的方式，探討關於貧富階級差距導致犯罪的社會議題？所以在正式拿到劇本後，用了兩個晚上仔細整理其中人物的各種人生經歷，也與責編討論了未來的改寫方向。

至於最後選擇讓姊姊死去的結局，是因為「任何的選擇都有它必須償還的代價」，並且姊姊的死亡能成為男主角換位思考與妹妹人生被迫扭轉的契機，所以即使會讓很多喜歡姊姊的玩家捨不得，但我還是當了結束黃以妤未來人生的劊子手，也請喜歡姊姊的玩家們見諒。（合掌，抱歉笑）

改編與自創不同，自創是做我自己，改編則在演繹別人的故事。

於是在列印下來的遊戲劇本上，不僅密密麻麻地用各種顏色的螢光筆做為不同角色的臺詞區分，又是圈起來又是打星號提醒自己這段很精采很重要，是必須保留到小說中的內容。

並且將每一個角色的個性、背景，就連他們在不同情緒中會出現的小動作都逐一詳細列表，怕自己魚腦忘記，也怕對不起這個優秀的劇本。

希望這次的改編能讓喜歡《夜光》的玩家們喜歡，也希望更多人看見台灣原創遊戲團隊的精采。

也期待，更多不同領域的跨界合作！

祝《夜光》大賣、熱賣、瘋狂賣！（灑花）

如果在玩過《夜光》的遊戲並看過改編的小說後，還希望更深入了解這類研究的朋友，推薦下面兩本書做為衍生閱讀的參考：

《階級世代：窮小孩與富小孩的機會不平等》

羅伯特・普特南著，衛城出版社出版。

《1%貧富不均：這才是全球經濟大危機》

丹尼・杜林著，聯經出版社出版。

——據說今年的星座運勢非常利於從事寫作的天蠍座　川千丈

原作後記

大家好，這裡是夜光的原案張恆。

很高興有機會能跟尖端出版與作者川千丈合作，推出夜光改編小說。

雖然文字冒險遊戲在西方被稱作視覺小說（Visual Novel），但在故事節奏、表現上，兩者還是有許多差異，而改編要如何保持原作內容，又給讀者不同的體驗，也是很大的課題，經過多次討論才完成現在的版本，特別感謝編輯和作者的辛勞，我在這次合作學到了很多！

夜光角色都有著許多矛盾，姊姊仇視富人同時也羨慕他們，痛恨拋棄她們的父親，卻也還記得父母對他的溫柔；她們的父親想要給她們最好的生活，卻因投資失敗使得家庭破碎……乍看之下有點可笑，但他們都努力想讓生活變得更好。現實中也充斥著這樣的事情，我覺得世界上悲哀的事情，是所有人都懷著善意，卻造就一個難以挽回的悲劇。

換個輕鬆的話題！夜光製作時刻意選了女性綁匪跟男人質，是不希望讀者有刻板印象，以為又是什麼因愛綁架監禁的題材，但後來發現這樣的故事，如果改成一個大叔綁架小少爺，似乎能吸引到截然不同的客群？可惜當時人物草案都已經決定，否則說不定現在已經占據銷售排行第一名了！

製作組曾討論夜光這個作品有沒有戀愛成分，美術總監堅持沒有，但我覺得在最後能互相理解，是許多情侶都做不到的事情……究竟理解是否算戀愛一種形式？大家又比較支持主角跟誰在一起呢？

2018.6.22　張恆

國家圖書館出版品預行編目資料

夜光 / 作者：川千丈 ; 原著：張恆、酷思特原創
--1版.-- 臺北市 : 尖端出版 ; 家庭傳媒城邦分公司發行, 2018.07
面 ; 公分
ISBN 978-957-10-8159-5(平裝)

857.7　　107005741

逆思流
夜光

著　　者／川千丈　原　　著／張恆、酷思特文創　插　　畫／NuDa、空罐王
執　行　長／陳君平　美術總監／沙雲佩　國際版權／黃令歡、梁名儀
榮譽發行人／黃鎮隆　美術編輯／陳又荻　文字校對／施亞蒨
協　　理／洪琇菁　執行編輯／丁玉霈　內文排版／謝青秀
總　編　輯／呂尚燁　企劃宣傳／陳品萱

出　　版／城邦文化事業股份有限公司　尖端出版
台北市中山區民生東路二段一四一號十樓
電話：（〇二）二五〇〇—七六〇〇
傳真：（〇二）二五〇〇—二六八三
E-mail：7novels@mail2.spp.com.tw

發　　行／英屬蓋曼群島商家庭傳媒股份有限公司城邦分公司　尖端出版
台北市中山區民生東路二段一四一號十樓
電話：（〇二）二五〇〇—七六〇〇（代表號）
傳真：（〇二）二五〇〇—一九七九

中彰投以北經銷／楨彥有限公司（含宜花東）
電話：（〇二）八九一九—三三六九
傳真：（〇二）八九一四—五五二四

雲嘉經銷／威信圖書有限公司　嘉義公司
電話：（〇五）二三三—三八五二
傳真：（〇五）二三三—三八六三

南部經銷／威信圖書有限公司　高雄公司
電話：（〇七）三七三—〇〇七九
傳真：（〇七）三七三—〇〇八七

香港經銷／城邦（香港）出版集團有限公司
香港灣仔駱克道一九三號東超商業中心1樓
電話：（八五二）二五〇八—六二三一
傳真：（八五二）二五七八—九三三七
E-mail：hkcite@biznetvigator.com

新馬經銷／城邦（馬新）出版集團 Cite（M）Sdn. Bhd.
E-mail：cite@cite.com.my

法律顧問／王子文律師　元禾法律事務所
台北市羅斯福路三段三十七號十五樓

二〇一八年七月一版一刷
二〇二三年五月一版六刷

■中文版■

郵購注意事項：
1.填妥劃撥單資料：帳號：50003021戶名：英屬蓋曼群島商家庭傳媒(股)公司城邦分公司。2.通信欄內註明訂購書名與冊數。3.劃撥金額低於500元，請加附掛號郵資50元。如劃撥日起 10～14日，仍未收到書時，請洽劃撥組。劃撥專線TEL：(03)312-4212 ・ FAX：(03)322-4621。E-mail：marketing@spp.com.tw